GW00724635

Jacques Syreigeol

Miracle
en Vendée

Gallimard

Jacques Syreigeol est né à Oran le 15 juin 1935. Après des études de médecine et de psychologie, il se spécialise en psychiatrie. Il travaille ensuite dans des instituts médico-éducatifs pour enfants débiles profonds, et poursuit ses recherches sur les enfants polyhandicapés. En 1988, il commence à écrire. En 1989, une rencontre déterminante avec des auteurs de romans noirs le pousse à proposer à la Série Noire *Vendetta en Vendée*.

Jacques Syreigeol est décédé le 24 mars 1992.

Très amicalement,
ce troisième volet d'un triptyque
est dédié à
Odile Lagay, Christian Mounier et
Robert Soulat : le trio noir.

Après toi languit ma chair,
Terre sèche, altérée, sans eau.

Ps. 63-2.

« *Et celui qui donnera à boire, même un simple verre d'eau fraîche, à l'un de ces petits en sa qualité de disciple, amen, je vous le dis, il ne perdra pas sa récompense.* »

Matthieu x.

I

Une fin d'après-midi d'août 89

Juste je venais de m'asseoir contre le frais du mur. Avec la chaleur qu'il faisait, on les cherchait les endroits comme celui-là, plein nord et sans jamais de soleil. L'humidité des pierres et des mousses rentrait doucement dans mon dos.

D'abord il y a eu un bruit.

Bizarre en fin d'après-midi !

Une voiture chez nous ?

Il a fallu qu'elle se gare devant la vieille maison abandonnée pour que je dresse le nez. Le dernier à être venu là-dedans, le Marc Martin [1], avait gagné depuis de la prison. Pas pour avoir tondu le pré derrière, c'était rien comme tâche et c'était à lui, mais pour avoir sauté une petite stoppeuse. Comme elle avait dit qu'il l'avait violée, il a fait de la prison. Après, le juge a dit que c'était faux ; il a libéré le Marc qui s'est dépêché d'aller tuer le père de la gamine. Sacrée histoire ! Mais la Lucienne, la femme de Marc, ne valait pas mieux : elle nous en avait fait voir. C'était misère qu'elle revienne.

Et son fils, qu'est-ce qu'il était devenu ? Il était

1. Voir *Vendetta en Vendée*, Série Noire, n° 2220.

tout de même à moitié Soulard. J'ai ri parce que moi, je le suis entièrement Soulard. Ouais, Victor Soulard. J'ai le nom, lui pas.

Je me suis penché voir si c'était bien elle qui descendait mais n'ai vu qu'une portière beige qui cachait tout.

Ça ne changeait rien à mes prés gralés et mes arbres de plus en plus terreux, ni à la terre si frappée de sécheresse qu'elle craquelait. Quand j'entendais le poste en parler, ça me faisait rire par rapport avec ce que j'avais sous les yeux : à vous donner des idées noires.

Manquait plus que cette femelle pour avoir ce qu'il y avait de pire.

J'ai roulé une cigarette.

Elle n'était pas ressortie de chez elle ; la portière était ouverte. Peut-être qu'elle ne faisait que passer.

J'ai allumé ma cigarette ; elle était amère.

Une des vaches a lancé de grands meuglements. Je me suis retourné voir. Il n'y avait rien.

La Lucienne est sortie. Elle avait pris un coup de vieux. J'ai rigolé. Cinquante ans, cette année, j'aurai, et elle me suit de cinq ans. Elle a fait celle qui ne me voyait pas. J'ai profité de la regarder : ni grosse, ni maigre ; sa poitrine tenait le coup et ses cheveux bien coiffés. A ce moment-là, la Mésange est venue se mettre devant moi. Elle me cachait tout. J'ai eu beau me bouger, je ne voyais rien d'autre que la vache.

La Lucienne, pensait-elle que j'avais tout oublié ? Elle se disait : on l'a soigné pour ça. Plus de danger. Ou il n'y a qu'à faire comme si ils étaient plus là (nous, la mère et moi, bien sûr). Posez donc la question à la mère si elle a oublié ? Elle risque d'avoir une réponse de tigresse.

Je me suis levé ; la Mésange m'a donné un coup de museau. La Lucienne a ouvert son coffre ; elle a tiré une valise et l'a emportée. Elle est revenue et a sorti un panier. Non ! Elle comptait bien s'installer : on ne se charge pas autant pour une heure.

J'avais perdu la fraîcheur du mur.

La Lucienne a refermé les portières de la 4L ; elle est remontée à bord et a garé la voiture sous un appentis à côté de sa maison. Puis elle est rentrée chez elle et a ouvert la seule fenêtre qu'elle avait sur la rue.

J'avais eu mon compte.

Le soleil baissait. L'air avait l'odeur grise de l'herbe morte.

La mère n'avait pas manqué l'arrivée. Elle s'était planquée sur le pas de notre porte, une bassinée d'eau entre ses jambes et une dizaine de laitues qu'elle avait déchiquetées, lavées, égouttées tant et si bien qu'un halo de sol humide fumait autour d'elle. Les poules caquetaient dans les débris de feuilles et les gouttes d'eau. Ça sentait le malaise et même, à la largeur des cercles que décrivait le couteau et l'ampleur des éclaboussures, la colère.

La mère n'avait pas oublié.

De la tête, elle a désigné l'arrivante.

Je me suis contenté de répondre d'un petit coup de menton que non seulement j'avais vu, mais que j'avais compris.

A trois pas de la mère, je lui ai demandé :

— Et tes rhumatismes ?

En lui désignant ses mains, son tablier, le sol mouillé et l'eau qui s'écoulait de la cuvette. En ricanant j'ai ajouté :

— L'eau froide va t'arranger ça.

— Ouais... ! Ouais... !

Ses mots ne coulaient pas comme d'habitude.

Revendicatrice, elle a dit :

— Y' avait pas assez avec la sécheresse, comme calamité. Qu'est-ce que j'ai fait au ciel ?

J'ai répondu rigolard :

— On a ce qu'on mérite.

C'était la phrase qu'on dit toujours pour plaisanter, mais cette fois, elle a fait mal. La mère m'a jeté, hargneuse :

— Bedais ! Attention que ce ne soit pas toi qui paies.

J'ai rien dit.

*

L'hôpital est revenu avec le silence et la voix qui s'est mise à répéter :

« Moussah Ben Ali des Beni Khemis !

Moussah Ben Ali des Beni Khemis[1] ! »

*

Je suis rentré et je me suis servi un coup de rouge. Le père regardait la télé. Je suis ressorti rouler une cigarette. Depuis que le père avait été malade, le médecin ne voulait pas que je fume devant lui. La mère s'essuyait les mains dans son delantaire[2] de grosse toile bleue. Un de ceux de la grand-mère. Il n'avait plus

---

1. Voir *Une mort dans le djebel*, Série Noire, n° 2242.
2. Tablier.

l'odeur de lait caillé et de sucrerie. Je n'aimais pas l'odeur de la mère. Celle de Lucienne non plus.

Un balai à la main, la mère m'a dit :

— Pousse-toi !

Je me suis poussé. Elle a balayé les trognons de salades, puis les a ramassés et a tout porté, le bon et le mauvais, aux lapins. La colère soufflait gros.

Le père est sorti.

La fenêtre de la Lucienne s'est éclairée.

Le soir était venu sans un brin d'air frais. L'odeur du sec asséchait la terre et les gorges.

Des oiseaux se sont égosillés autant qu'ils ont pu ; les grenouilles et les grillons aussi. Une chauve-souris a traversé la rue. Le père a grogné :

— Vous n'avez pas fini de jacasser !

Comme la mère et moi ne disions rien, nous nous sommes regardés, puis ensemble, avons regardé vers chez la Lucienne. Le père aussi ; il a frisé son reste de moustache.

Je suis rentré. La télé marchait pour personne.

J'ai sorti une chaise devant la maison. Avant de m'asseoir, j'ai ouvert les portes de l'écurie. La puanteur m'a sauté dessus. J'ai renâclé. Faudrait pas que ça dure. La maladie va s'y mettre ; les bestioles y sont déjà. J'ai tué un taon sur mon bras.

De chez la Lucienne, est venue une musique à la mode. La mère est ressortie.

— Je vais voir la Germaine. Avec ce bruit, ça ne va pas lui réussir, qu'elle a dit.

La Germaine était malade. La mère allait plusieurs fois dans la journée s'en occuper.

Dès que la mère est rentrée chez la Germaine, la Josette s'en est levée comme un gibier.

Le père a haussé les épaules.

La Josette était partie pour la nuit, ses vêtements déchirés voletant autour d'elle. Elle dormait le jour. Que sa mère soit malade ou pas, qu'est-ce que ça pouvait faire ?

La chienne noire s'est assise à côté de moi. Je l'ai caressée. Elle n'était plus bonne à grand-chose à l'âge où elle arrivait.

Au passage, la Josette s'est penchée sur le puits et, après un bref coup d'œil, est repartie à cloche-pied. Elle chantait. Les grenouilles aussi. Les oiseaux s'étaient tus.

La nuit était tombée.

*

Vide. Déserte. Une nuit pour crapahuter dans le djebel entre les arbres brûlés. Il n'y avait que nos pas à s'étouffer dans la neige en descendant de la mechta. Le lendemain, la patrouille a fait le tour du douar. Il n'y avait que nous dans la nuit glacée. Et les morts. La guerre semblait dormir. Comme un serpent à l'affût.

*

Ma cigarette s'est défaite. J'ai voulu en refaire une. Plus de tabac !

Pourquoi la Josette a regardé dans le puits ? Avec le minuscule croissant à l'horizon, elle n'a rien pu voir. Bien que... Que voit-elle ? Avec les médicaments, je ne vois pas moi non plus, comme avant.

Je suis rentré prendre de l'argent.

— Tu vas où ? m'a demandé le père.

— Chercher du tabac, j'ai répondu.

— Mais c'est fermé à c't' heure !

— Non !

La mobylette n'a pas voulu démarrer. J'ai pris la bétaillère. J'ai vu s'agiter le père. Je n'ai pas entendu ce qu'il gueulait.

La nuit était collante. La glace baissée a laissé entrer l'âcreté du maïs. On avait fini, il y a long-temps, l'ensilage ; il n'y aurait rien eu du côté des grains ; comme pour le tournesol. Quant au regain, cette année, il est brûlé. Pas un andain. La nuit a l'odeur des femmes ; je n'en ai pas humé une depuis longtemps. Ouais, bien longtemps !

J'ai traversé La Naulière. Les maisons étaient éteintes. N'y vivaient que des vieux. Les chênes qui bordaient la route alourdissaient l'air, âpre aussi. J'ai raclé ma gorge.

A l'entrée du bourg, des gosses jouaient. J'ai foncé. Ils ont eu juste le temps de se jeter sur le bas-côté en hurlant. J'en entendrai parler. On dira : les uns, que j'étais saoul ; d'autres, pourquoi on laisse les fous dehors ?

Des étoiles s'étaient levées. Pas de nuage. Pas une goutte d'eau à venir.

J'ai stoppé en faisant couiner la bétaillère devant le bistrot-tabac. Le dimanche soir, il ferme tard, surtout l'été. Des jeunes, dehors, se sont marrés à me voir conduire de la sorte. J'étais un vieux qui aurait mieux fait d'aller se coucher. Ils rigolaient entre eux. Un couple dans un coin s'était isolé.

Une petite loupiote à l'intérieur luisait bleu.

*

A Aïn El Ma, la lumière du bordel luisait rose. La peau de Sandrine aussi. Peut-être parce que ses cheveux étaient noirs et qu'elle était petite et jeune. C'est son nom : « Sandrine », qui m'avait plu ; il m'avait donné envie d'elle. C'est la dernière femme que j'ai vaguement connue, comme on dit.

*

La Louisette a dit :
— Alors t'as oublié quelque chose ?
— J'ai plus de tabac !
— Je te sers.
— Verse-moi aussi une bière.
Une bière c'était la bouteille qu'on tétait ; les conscrits ; les premiers bals ; l'Algérie, encore !

*

On se méfiait du vin trop fort. Certains en étaient morts. Entre le pinard et le soleil, on était bien cognés.

*

Elle a décapsulé la petite bouteille et l'a posée sur le comptoir.
Les gosses, dehors, chuchotaient entre eux.
Nous nous taisions.
Les papillons de nuit autour de l'ampoule faisaient du bruit pour nous. J'ai roulé une cigarette. J'ai bu avant de l'allumer.
— Donne-m'en une autre.
Là, j'étais tranquille ; les murs bleus, la nuit plus loin ne disaient rien d'autre que des odeurs de

papier sec, de bois cassé, de pain brûlé. J'aurais bien dormi.

Les gosses se sont séparés en deux groupes : un est rentré chercher des cocas ; l'autre s'est barré à grand renfort de pets de mobylettes. Le garçon et la fille sont arrivés après ; lui a commandé une bière, elle a demandé une menthe à l'eau.

La chaleur était plus forte là-dedans. Sortir oui, mais pourquoi ?

La voix a dit :

« Moussah Ben Ali des Beni Khemis !

Moussah Ben Ali des Beni Khemis ! »

— Qu'est-ce que tu as ?

— Rien.

— T'es fatigué ?

— Non !

— Attends, je vais mettre de la musique.

Est-ce que la Louisette avait entendu ?

« C'est dans votre tête, Soulard ! Seulement dans votre tête ! »

Et les cous que j'ai envie de serrer, c'est dans ma tête aussi ou dans mes doigts ?

La musique était sirupeuse. Les jeunes chantonnaient faux. Je rigolais. La nuit était vide.

J'ai payé, dit bonsoir et suis sorti.

Je suis monté dans la bétaillère. J'ai roulé pour qu'on croie que j'étais parti. Puis je me suis garé à deux cents mètres derrière l'église. Dans la cabine, la chaleur me cognait la tête. J'ai enlevé ma chemise. La sueur me brûlait au contact du skaï. Un moustique a vezouné. J'ai essayé de le tuer. J'ai pas réussi. Je suis descendu.

En passant derrière l'église, j'ai rejoint les chiottes en face du bistrot. Je me suis planqué là où on pisse. Ça puait moins que dans l'autre qui n'avait pas été nettoyé depuis vendredi, après le marché. L'odeur de merde sèche me donne envie de vomir. D'où l'on pisse, je pouvais voir, à travers un croisillon de maçonnerie, la sortie des jeunes. J'ai attendu pas très longtemps. La Louisette fermait à dix heures.

Un rat est sorti du chiotte à merde. Il s'est approché, m'a senti le pied. Quand j'ai voulu lui shooter dedans, il a calté.

La Louisette parlait avec eux devant sa porte. Ça a duré un moment. Ils ne peuvent plus décrocher ? La fille était jolie. Le gars, minus. La nuit était pleine de bruits. Une voiture les a coupés. Eux se sont tus puis ont repris plus bas. Un n'a pas tardé à démarrer à grand renfort de pot d'échappement.

Puis la Louisette a fermé. Son rideau métallique est tombé. Les gosses ont murmuré un peu sur le trottoir.

Moi j'attendais. La sueur me coulait de partout. Une bière fraîche !

Non !

Le couple est resté seul. Je m'en doutais qu'ils iraient du côté de l'église, là où les troènes font des cachettes. Ils sont passés devant les chiottes. Elle riait doucement. Lui ne faisait pas de bruit. Quand ils ont été assez loin, je suis sorti de la puanteur ; je les ai vus de dos, lui la tenant, ou du moins c'est ce que j'ai cru voir, elle riant par petits accès.

Elle avait laissé une trace de sueur et d'eau de Cologne ; lui, de tabac brun. Sous le premier troène, ils sont entrés. Après m'être déchaussé, j'ai avancé, les souliers autour du cou. Des graviers crissaient. Elle roucoulait. Aux premiers arbustes, je me suis arrêté comme si je pissais. Elle a dit quelque chose ; ils se sont enfoncés plus loin. Je suis rentré sous les troènes. Ils se sont tus et sont ressortis. Ils se sont enlacés au milieu du chemin.

Elle a dit :

— Il y a quelqu'un !

— Non !

La voix du garçon était dure. La fille s'est blottie contre lui.

J'avais la gorge si sèche que j'ai cru qu'elle craquait.

Doucement, il lui a déboutonné le chemisier puis la jupe est tombée. Un slip clair a troué l'obscurité. Il a dû à son tour se déshabiller.

Mes mains moites ont commencé à serrer une grosse branche. Fort ! Très fort comme si c'était le cou de la fille. Il ne fallait pas qu'elle faute.

Ne me restait qu'à m'approcher doucement ; assommer le gars et...

C'était trop de choses à faire.

Il a continué à la caresser. Elle le lui rendait.

A ce moment, mes jambes se sont endormies. J'ai bougé.

Au bruit, elle a dit :

— On part !

— Mais non, c'est un chat.

— Non ! Non ! On nous mate, je t' dis.

— Tu rêves.

— Non, je pars.

Elle s'est vite rhabillée, lui aussi.

La nuit est redevenue silencieuse. Le noir a durci.

La moto a démarré, accompagnée du rire de la fille.

J'ai regagné la bétaillère et la fournaise de la

cabine. Des bestioles s'étaient nichées sur ma chemise. Je les ai secouées.

J'aurais bien bu une bière.

La route pour revenir chez nous était déserte : pas d'Algérie, pas d'hôpital ; de l'air brûlant, c'est tout.

J'ai remisé la bétaillère dans l'écurie qui nous sert de garage. La mère était assise devant la porte, seule.

En descendant de la bétaillère, de l'argent est tombé de ma poche. J'ai pris une lampe que j'avais dans la boîte à gants. J'ai ramassé les pièces ; manquait un billet. Le prix du spectacle sous les troènes ! J'étais pas bon à grand-chose.

— T'as fait tomber tes sous ?

— Ouais ! Je les ai récupérés.

— Je t'attendais.

— Pourquoi ?

Elle a hésité comme si elle ne pouvait pas tout dire puis elle a lancé :

— La Germaine !

Je ne sais pas si c'est de ça qu'elle voulait exactement parler mais ça avait l'air de bien lui rendre service.

J'ai dit :

— La Germaine, quoi ?

— Le médecin est passé. Il a dit qu'elle ne tiendrait pas la nuit.

— Hum !

— C'est ta marraine !

— Ouais... et alors ?

— Alors... ! Elle t'aimait bien !

— Tu en parles comme si elle était morte.

— C'est que je sens que ça va se faire... La

chouette a chanté comme pour ma mère. Je te l'ai dit, non ?

— Quoi ?

— Que la nuit où la mère est morte, tu n'étais pas là, la chouette a chanté bizarre si bien que le coq a répondu. Ça a été de même la nuit dernière.

— Tu as cru ça ?

— C'est pas de bon augure. D'ailleurs, avec ce retour... !

Elle a tendu le doigt vers chez la Lucienne puis s'est signée.

Le mauvais sort, on n'en avait pas besoin avec la petite récolte et la sécheresse.

Une vache a meuglé.

— Tu les a laissées dehors ?

— Ouais.

— Et s'il y avait un orage ?

— Je me lèverais. Les écuries sont trop sales pour les rentrer. J'ai beau les nettoyer, la chaleur fait des fermentations ; je m'en méfie.

— T'as raison. La maladie ne rapporte pas.

— Hum !

— On a dit à la supérette que les villages du haut ont fait venir de l'eau par les pompiers, a dit la mère.

— C'est ce qu'on a dit aussi au café, après la messe, ce matin.

— On n'a jamais vu ça... Bien que la grand-mère racontait que, en 1911 je crois, il y avait eu une si grande sécheresse que tous les puits étaient asséchés sauf le nôtre. Elle me racontait que le curé avait dit des prières spéciales et l'hiver d'après, une mission était venue pour dénoncer le monde de péchés dans lequel ils vivaient, responsable de ces mauvais temps. Les confessions avaient duré huit jours pour blanchir toute la commune et le remède avait été efficace.

Elle s'est tue puis a repris :

— Si c'était le Signe ?

Puis elle a ajouté en tournant ses yeux vers chez la Lucienne :

— Le péché est de retour au pays.

J'aurais voulu lui demander si tuer des gens à la guerre, si tromper ses voisins, les voler, coucher avec leurs femmes, si avoir envie de serrer le cou aux petites filles n'étaient pas aussi des péchés.

Après un silence, la mère a dit :

— Si seulement les curés récitaient de bonnes prières. Celles d'exorcisme par exemple... Ils disent que ça n'existe plus tout ça, que c'est des superstitions.

*

Dans la mechta, nous trois et les trois hommes qui nous avaient prévenus que le fellagha qui avait tué le pote au chef était caché là, étions arrivés ; j'ai pas compris au début, ce qui se passait. J'avais cru que les tueries n'étaient que des légendes. C'est lorsque l'homme a égorgé une vache pour se mettre en main que j'ai compris que c'était vrai. Et puis le Parisien m'avait foutu la femme dans les bras après avoir attaché la vieille en face de nous. Il a gueulé :

— Allez, serre ! Serre !

*

J'ai répondu à la mère :

— Mais oui que ça existe !

28

Elle s'est signée.

Pas un brin d'air; un oiseau de nuit a volé bas. Une chouette a ululé.

La mère a dit :

— Si tu le pêches, c't' oiseau de nuit, cloue-le sur la grange. On ne le fait plus : c'est un bien grand tort. C'était efficace.

Elle soufflait au lieu de respirer. Comme si elle était fatiguée.

— On ne peint plus de croix non plus... A force de rien faire contre, on laisse les forces se déchaîner; on ne sait plus où ça va nous mener.

— Sûr!...

— Ah! tu vois, toi qui ris quand on parle de ça avec la Germaine...

Elle a eu un sanglot sec.

— Elle n'en parlera plus longtemps, maintenant.

II

Tôt, le matin

Le grincement de la corde du puits et de la poulie m'a réveillé dans le milieu de la nuit.

Qu'est-ce que le père pouvait bien manigancer à cette heure, avec ça ?

Il était bizarre ces derniers temps, à cacher les outils, ou à bricoler, disait-il, les machines qu'il croyait cassées.

Maintenant, qu'avait-il entrepris ?

Pourvu qu'il ne trafique pas la pompe que j'avais fait installer dans le puits.

J'ai hésité un instant à me lever. J'avais cuit toute la nuit dans ma sueur et dormi par morceaux.

Un moment, j'ai cherché le fusil à côté de moi : les fellaghas marchaient dehors. J'étais sûr que c'était le puits qu'on racassait.

Je me suis levé, le dos cassé.

Le frais du sol sous mes pieds nus a fini de me réveiller.

Faudra que je demande au médecin de me diminuer la quantité des drogues ou de les changer.

J'ai tâtonné pour trouver la fenêtre. En chemin, je me suis cogné dans la table à ouvrage de la grand-mère que la mère plaçait toujours n'importe où.

Comme si c'était besoin de la bouger d'à côté du Voltaire. Je me suis demandé pourquoi la mère n'avait pas échangé toutes ses vieilleries pour une cuisine en formica quand la grand-mère était morte ? Elle avait peut-être des remords ?

On touchait encore au puits.

L'aube n'était pas loin. J'avais cru qu'on était plus tôt. On a versé de l'eau.

Qui ?

Par les contrevents entrebâillés, le chaud entrait. Avec du blafard. Et du ciel vide dans les petits losanges en haut. Pas de nuages, ni même de brume.

On a couru dans la rue.

Une porte a claqué ! La mère était dans la cuisine. Les reins pleins de misère, rouillé, j'ai enfilé ma cotte.

La mère a dit pas trop fort, juste pour moi :

— C'est prêt !

L'odeur du café et de la chicorée m'avait prévenu. Mais j'avais soif d'un rouge.

Elle m'a demandé :

— Qu'est-ce que tu fais aujourd'hui ?

— Comme d'habitude.

Ça suffisait. Elle a insisté :

— Faudrait penser à l'eau.

— Quoi, l'eau ?

— Regarde voir où on est dans les mares et les fosses. Le ruisseau, en bas, est sec. Il n'y a plus d'arrivée au lavoir.

C'est pas qu'elle s'en servait : on avait des robinets et une machine à laver mais c'était mauvais. Lorsqu'on n'y pouvait plus rincer une berne ou, encore moins une chemise parce que l'eau sale ne

partait plus, c'était signe que le puits avait dange-
reusement baissé ; la grand-mère le disait.

La mère a insisté :

— Regarde bien

J'ai hoché la tête. Ouais, on en était à épier les
signes. Mauvais ! Mauvais ! Manquait plus que la
Lucienne soit là, à tirer sur l'eau.

— Je vais voir, que j'ai répondu.

— Faudra surveiller, qu'elle a dit en lançant un
coup de tête dans la direction du dehors : moyen de
parler de la revenante. Elle s'est signée ; le mauvais
sort qui était de nouveau tombé sur nous avait pris
allure de sécheresse ; la première fois où la Lucienne
était venue dans le village, il avait mine de folie.

*

M'est revenue, la cour de l'hôpital et cette pauvre
femme que le moindre pantalon rendait plus folle
encore qu'elle n'était. Elle sentait le rance.

*

La chatte est passée entre mes jambes : j'ai
sursauté. Le ciel avait commencé à prendre un peu
de couleur. La Germaine n'avait pas ouvert sa
porte. Suffit que la Lucienne arrive pour que le
village change ses habitudes. Même la Josette qui,
comme les oiseaux de nuit, venait de rentrer se
coucher, n'avait pas réveillé sa mère. Les vaches
m'ont appelé. Une poule a grappillonné une miette ;
la chienne noire l'a coursée pour faire croire qu'elle
était encore bonne à quelque chose.

Le fond de la rue était à moitié dans le gris. Le

fumier, la pisse, le pourri m'ont sauté à la gorge dès la porte de l'écurie. J'ai fait rentrer les vaches. J'ai rincé mes seaux pour la traite en économisant l'eau. Les vaches ont gémi dès que le robinet a coulé. Puis j'ai pris le trépied pour commencer par la Mésange. Fallait pas la passer deuxième, elle était la chef-taine ; il y aurait eu du barouf toute la journée.

Les taons et les mouches m'ont sauté dessus. A traire, j'avais les mains prises ; pas question de lâcher le pis pour les chasser. Ces bestioles me harcelaient. Je ne pouvais rien faire. Avec une trayeuse, ouais ! mais quand j'avais parlé d'en acheter, le père avait manqué crever de colère. A croire que c'était lui qui était encore le maître, ici. L'avait-il seulement été avant ?

La Mésange m'a ramené à mon travail par un sacré coup de queue.

Les autres vaches montraient de l'impatience à la fournaise de l'écurie. Les prés étaient gralés ; l'ombre des arbres, misérable. Derrière, à l'ombre du chai, il y avait bien encore, là, contre le vieil hangar dont nous ne nous servions plus et l'abreu-voir, un petit espace toujours à l'ombre. Je l'avais même nettoyé dans le cas où...

Mais pour l'eau de cet abreuvoir, combien de temps encore, le puits suffirait ? Dimanche, après la messe, ils disaient bien que le Renaud du haut du bourg s'était fait livrer une tonne d'eau par les pompiers. Quand j'ai entendu ça, moi qui étais à lorgner encore les frisures de la petite Jeannette juste devant moi, à la messe, dégringolant sur son dos à moitié nu, je me suis retrouvé tout retourné devant mon verre au bistrot, Dieu me pardonne !, pourvu qu'une telle histoire ne nous arrive pas ! A partir de ce moment, comme je suivais la conversation, m'est apparu qu'il ne convenait plus de parler de puits secs mais d' « endroits » ; les mots, chez nous, ont de la puissance : vaut mieux les garder pour soi.

La Mésange a marqué le coup en arrivant à la porte : le soleil cognait. Elle a humé une fois, puis deux. J'ai gueulé :

— Diouk !

Elle est partie du côté qui conduisait là où j'avais décidé qu'elle aille. A croire qu'elle aussi savait que c'était le seul pâtis où quelque chose rappelait encore le frais. Les autres ont suivi. Inutile, la chienne noire tournicotait autour en jappant.

Manquait plus que cette Lucienne. Qu'avait-elle besoin de venir ici à un si mauvais moment ?

Les années ont passé. Vingt ans : y'a qu'à dire ! Que va faire la mère, cette fois ? Le père a toujours fait à sa tête et encore plus depuis que la grand-mère est morte.

*

La dernière fois, il était arrivé en disant :

— On s'associe avec la Lucienne.

— A quoi ? a demandé la grand-mère en sachant bien que la voisine n'avait pas grand-chose d'autre que sa peau à mettre dans le marché.

— Eh ben, qu'avait répondu le père, on va prendre son pré en haut et son petit bois.

Lui voyait que si la Lucienne n'était pas très valide au travail, elle l'était au lit. Et deux femmes pour le père à ce moment-là, ne lui faisaient pas peur. Mais c'est moi qui ai payé. Cher !

*

La barrière, en bas, était ouverte au risque que les bêtes aillent s'enliser dans le lavoir à moitié sec. La mare l'était aussi. La nettoyer ne serait pas de trop avec tout ce qu'il y avait dedans. Qui avait pu y jeter ces vieux vélos, ces bouts de ferraille, ces bouteilles ? Tout ça faisait une lise dangereuse. Des vaches avaient laissé des empreintes sur la berge élargie ; des hommes aussi.

J'ai refermé la barrière soigneusement.

L'herbe des prés était réduite à des pailles blanches. La deuxième mare était tarie. Un serpent a plongé dans la flaque qui restait au milieu, laissant sur la boue un sillon luisant. Des grenouilles, alertées, l'ont suivi. Une terrible odeur de pourri a monté.

Y'aurait quelque chose de crevé que ça m'étonnerait pas !

Pour revenir, j'ai longé les ombres grises des haies ; les branches perdaient leurs feuilles simplement en les frôlant. Les vaches étaient remontées se mettre à l'abri. Le soleil tapait tout ce qu'il savait pour ces huit heures du matin.

Dans la rue, la fenêtre de la Lucienne était fermée. Plus surprenante, celle de la Germaine, pas encore ouverte. Il m'est passé dans la tête des mauvaises images. J'ai démarré en courant. Je criais :

— La Germaine ! La Germaine !

— Quoi ? qu'a dit la mère aussitôt sortie sur le devant de chez nous. Et comme elle a aussitôt jeté un coup d'œil, avant que j'aie expliqué, elle a vu la même chose que moi : tout noir. Voilà la mère qui s'est élancée en trottinant (pour elle, c'était courir) sur ses grosses jambes où se ramifiaient des branches de varices.

Le père, sorti à son tour, regardait du côté de chez la Lucienne. Il a dit :

— Qu'é tou qu' t'as à gueuler d' même ?

J'aimais pas quand il patoisait de bon matin : il reprenait du large ; il redevenait le grand valet qu'il avait été avant le mariage.

J'ai montré d'un coup de menton, la fenêtre fermée de la Germaine ; il a haussé les épaules et est rentré.

La mère s'évertuait à agiter le loquet de la porte ; elle avait bien compris qu'elle était barrée d'en dedans mais la mère avait toujours cru aux miracles. Il a fallu que je lui dise :

— Mais c'est barré ! pour qu'elle se mette à cogner, cogner, cogner avec le même acharnement qu'elle avait mis à secouer tout à l'heure, le loquet.

— La Josette a barré, que j'ai dit.

La mère s'est mise à murmurer :

— Ouvre donc, ma belle ! Ouvre donc ! C'est moi : la Maria !

Puis elle a dit :

— Mémaine ! Mémaine !

C'est comme ça qu'entre elles, elle l'appelait.

— Ouvre ! Ouvre donc !

Mais la porte ne bougeait pas.

Alors elle s'est mise à gratter le bois comme une chienne qui aurait perdu ses petits. J'ai dit :

— Ne te bile pas, elle ouvrira.

Elle a répondu :

— Ouais, mais c'est que ça n'allait pas.

— Je sais bien, tu l'as déjà dit.

Elle s'est mise alors à gueuler :

— Ouvre, Josette, c'est marraine ! ouvre, je te dis, ou je fais casser la porte !

Puis elle s'est tournée vers moi et a dit :

— Va chercher une hache !

J'ai hésité.

— Porte une hache, je te dis ! je le ferai.

Le père est sorti ; il a lorgné vers chez la Lucienne qui n'avait pas encore ouvert, puis vers nous. Il a gueulé :

— C'est pas fini votre bordel !

La mère a murmuré :

— Josette, ouvre donc !

Puis elle m'a dit :

— Et toi, grand benêt, va donc me chercher une hache.

Le père m'a regardé passer en courant devant lui. J'ai entendu qu'il disait :

— Comme s'il n'avait rien d'autre à faire !

La hache était rangée sous l'appentis près des rondins coupés pour la cuisinière. Le temps de la prendre et, en revenant, la porte était ouverte. J'ai calé la hache sur mon épaule et me suis rendu jusque chez la Germaine.

Le soleil m'éblouissait encore lorsque j'ai pénétré dans la pièce. Seul, un grand rectangle de lumière soulignait l'obscurité. Mais l'odeur, elle, me disait autre chose. Quelque chose du côté du gibier, douceâtre, encore chaud, saignant : la mort ! Au fond, sanglotait la mère.

— Qu'est-ce qui se passe ? j'ai demandé.

— Mémaine est morte, a répondu la mère.

Tant de peine pour si peu. On était bien cousins et, ma mère et elle, camarades de communion, mais il n'y avait pas matière à tant de larmes. La mère avait dû bien moins en verser pour la mort de la grand-mère qui elle, pourtant, était une sacrée bonne femme. C'est ce que m'avait dit la Louisette du bistrot qui en était encore toute retournée.

— Une sainte femme comme ta grand-mère, et avoir une fille unique si indifférente. Si ça avait été ton père, probab' que la Maria (c'est ma mère) aurait été toute retournée.

*

Moi, j'étais à l'hôpital en cure de sommeil comme ils disaient les infirmiers. Je l'ai su après qu'elle était morte. Par hasard. Peut-être par une lettre. C'est pas certain. Parce que les parents, je voulais pas qu'ils viennent me voir. Si j'étais enfermé, c'était de la faute aux manigances du père et de la Lucienne.

*

Sur la table, une bouteille de rouge sans bouchon ; j'en ai bu une goulée tiède, sur le point de tourner. Le vin avait été tiré il y a au moins trois jours.

Du sol en terre battue, montaient des relents de pisse et de vieilles graisses. La chienne noire léchait une tache.

A côté de la cheminée, la Josette s'était capiotée dans un coin comme un enfant apeuré ; elle berçait un tas de chiffons. Elle s'est mise à chanter une ritournelle pour petits. Les paroles me sont revenues avec des « dodo, l'enfant do » qui montaient de la dorne [1] de la grand-mère où je m'endormais.

J'ai toussé.

Elle s'est arrêtée.

J'aurais voulu lui dire : « continue donc ! » mais ça n'est pas venu. Petit à petit, la voix a balancé, accrochée à l'odeur de mort :

« Moussah Ben Ali des Beni Khemis !

Moussah Ben Ali des Beni Khemis ! »

La chaleur tournait au verdâtre, au douceâtre, écœurante.

*

Là-bas le froid cachait l'odeur du sang et de la merde. On n'avait eu droit qu'à l'âcreté.

*

La mère s'était mise à retaper le lit sous la morte en me disant :

— Tu passeras dire à la Roseline de venir.

— Ouais. Mais faudrait d'abord prévenir le médecin.

— Il est passé hier.

— Hier, elle n'était pas morte.

La Josette a poussé un petit cri qui m'a fait me retourner.

— Pendant que tu t'occupes, je vais lui téléphoner de chez nous, que j'ai dit.

A ce stade, la mort n'est pas l'affaire des hommes, à part le médecin.

1. Tablier.

La Lucienne avait ouvert sa fenêtre, et le père, celle de sa chambre ; il se rasait.

J'ai appelé le médecin. On m'a passé sa voiture. Il partait en visite. Il a dit :

— Ça ne m'étonne pas. J'arrive.

Moi aussi, la mort ne m'étonne plus.

*

Y'avait qu'à voir ce jeunot tenu par le fellagha, mort au-dessus de toute cette tripotée de cadavres.

*

La voix a repris :

« Moussah Ben Ali des Beni Khemis !

Moussah Ben Ali des Beni Khemis ! »

En attendant que le médecin arrive, je me suis rasé. Tout à l'heure la mère va répéter :

— Tu passeras chez Roseline ; n'oublie pas pour l'annonce du chapelet de passer chez la Marthe, puis à la mairie, chez le curé, la Louisette, le Pierre pour qu'il creuse, et la Marthe, encore, pour l'heure de l'enterrement que t'aura dite le curé.

Le père avait disparu. Autant à ne pas l'avoir sur le dos à me dire toutes sortes de sottises. Un jour, je lui dirai ce que je pense.

Chez la Germaine, les mouches bleues étaient arrivées ; elles n'avaient pas tardé. Comme toujours. Encore plus avec cette chaleur.

La mère était devant des liasses de papiers qu'elle avait sorties d'un tiroir. Elle m'a demandé :

— Que t'a dit le médecin ?

— Il vient.

— Et dire qu'elle s'en va avec tout en ordre...
Puis elle s'est tue, a regardé la Josette et a ajouté :
— Sauf ça.
Puis elle s'est tue encore.
Y'a un sacré silence chez les morts : le même qu'en Algérie.

*

Là-bas, la neige rendait tout silencieux. L'hôpital aussi était silencieux, surtout quand on m'avait fait une piqûre.

*

La mère a dit :
— T'iras voir le curé et...
J'ai hoché la tête. Je n'ai pas écouté. Je connaissais la chanson. Pendant que la mère déballait sa litanie, la Josette s'est remise à chanter. La mère a froncé du nez et a haussé les épaules. Puis elle est retournée au lit en disant :
— J'ai retrouvé le bout de rameau béni.
— C'est peut-être pas celui de cette année ?
Elle a sursauté.
— Tu dis des bêtises !
Puis elle a repris :
— C'est vrai ça !... Enfin ! que veux-tu que je fasse ?
Elle a nettoyé avec un bout de guenille, la table. Elle a rangé la bouteille. Elle a déposé le rameau sur une assiette blanche. Des petites mouches noires se sont envolées. Elles ont tourné, voleté puis se sont reposées sur la morte.

De temps en temps, avec la guenille à faire le ménage, la mère s'essuyait les yeux.

*

Certains soirs, elles riaient entre elles. Le père entrait : la Germaine s'enfuyait. Je les ai vues aussi pleurer. De quoi ?

*

La voiture du médecin pétaradait dans le village. Sans l'arrêter, il en est descendu, a claqué la porte, est entré, est allé au lit, a dit bonjour à la mère, puis :

— Bon, elle est morte !

Est revenu à la table, a tiré une chaise, s'est assis, a jeté un œil sur le rameau, a sorti du papier et un crayon à bille et rédigé son certificat. La mère l'attendait, un porte-monnaie à la main. Il a dit :

— Non ! Ce sont mes fleurs pour la morte.

La mère l'a remercié. Il a jeté un long regard sur la Josette et est sorti.

Sa voiture est repartie aussitôt. La mécanique était bonne. J'avais soif.

*

Lorsque le fils de la Lucienne est né, c'est le père qui a eu une sacrée soif. Il est rentré saoul, deux jours après, et encore, parce que je suis allé le chercher chez la Louisette. C'était en juin, les foins n'étaient pas terminés. Le lendemain, la grand-mère lui a demandé :

— Tu cherches de l'embauche ailleurs ?

Elle avait sa voix de Maître. Lui a répondu, ni fier, ni penaud :

— Non !

— Alors tu prends des vacances ?

— Non !

— Alors tu fêtais quelque chose ?

— Oui !

— Ce que tu fêtes et que nous ne fêtons pas, n'est pas honnête. C'est toi qui as à faire avec ta conscience. Nous, nous sommes propres. Pas toi.

Moi, j'étais dans la cuisine, mais j'entendais tout si je ne voyais pas : la grand-mère avait appelé le père, dans sa chambre (celle qui est la mienne maintenant). Le père a eu comme un sanglot. Il n'a rien dit et est sorti. Il m'a jeté au passage :

— Tu dors ? Et le travail ?

Je me suis dépêché à me carapater sur le tracteur ; il n'a pas tardé à me rejoindre, une fourche sur l'épaule. Ça l'avait dessoûlé. Qu'est-ce qu'on a pu faire comme andains à deux, ce jour-là. Le lendemain, par le boulanger, on a su que la Lucienne avait fait le petit. On a rien dit. Du moins jusqu'au moment où elle est revenue au village.

*

— Tu dors ? a gueulé la mère.

J'ai pas répondu.

— Pense donc aussi à le dire à la Louisette : on est camarades de communion ; elle serait vexée si elle l'apprenait par d'autres.

C'est drôle, je croyais qu'elle me l'avait déjà dit.

L'odeur avait gagné en force du côté des fruits blets et de la paille fermentée : faudra pas trop attendre.

La Josette chantait sa cantilène; les mouches l'accompagnaient.

III

Plus tard

La mère m'a dit, de la fenêtre :

— Viens me donner un coup de main.

J'ai répondu :

— Hum !

— Ne tarde pas.

Elle est repartie chez la Germaine.

Qu'est-ce qu'elle pouvait bien vouloir ? Depuis ce matin, le père arpentait le devant de porte, cliquetant de l'ergot ferré de sa canne sur le trottoir.

Au passage, je me suis servi un coup de rouge puis j'ai rejoint la mère.

Elle était debout près du lit.

— On a oublié les mesures pour le menuisier.

Des grosses mouches bourdonnaient. L'odeur était celle des marais par temps de manque d'eau lorsque les tourbes s'ensemencent. La mère tenait un mètre de couturière.

— Tu crois que ça suffira ? j'ai demandé.

— Faut bien !

— Attends, je vais chercher le mètre pliant.

Je suis allé dans la remise à outils mais ne l'ai pas trouvé. Dans la caisse, j'ai jeté un coup d'œil.

Rien. Si je lui demandais, il me répondrait n'importe quoi.

— Il a disparu ?

— Lui aussi ?

— Ouais, un de plus. Va savoir ce qu'il en fait.

Elle a dit :

— On va se débrouiller.

Elle a pris le friquet[1] et la louche, l'un aux pieds, l'autre à la tête.

— On mesure entre. Ça doit faire ce qu'il faut.

Elle a posé les ustensiles qui tenaient lieu de barre de toise sur le lit et a mesuré.

— Un mètre cinquante-cinq. Tu t'en souviendras ?

J'ai pas répondu. J'ai pris le certificat de décès sur la table. Le bruit des mouches avait augmenté. Elles étaient plus grosses, plus nombreuses.

La mobylette n'a pas démarré au premier coup. J'ai nettoyé la bougie. C'est parti ! J'ai enfilé mon casque. Les gendarmes sont parfois à l'affût à l'entrée du bourg. C'est comique.

Moins comique, le bout de robe de la Lucienne que j'ai vu en passant devant la porte ouverte.

*

Un mois après le retour de la Lucienne avec le petit à La Paterre, le père a dit :

— On s'associe avec la Lucienne.

— A quoi ? a demandé la grand-mère.

— Eh ben, elle nous laisse les prés du haut et le petit bois.

1. Ecumoire.

On était à table. La grand-mère a reposé sa fourchette. Elle a fixé le père et a dit :

— Depuis que ma sœur a coupé nos terres pour prendre sa part, ces prés nous ont quittés. C'est par un coup de baguette magique (elle a ri) qu'ils reviendraient maintenant ?

— Non, mais...

— Tu as arrangé l'affaire ? Tu les cultiverais pour qui ? Pour la Lucienne ? Ou pour le fermage qu'elle te paiera.

— Non,...

— Faut qu'elle ait de quoi faire vivre son bâtard. Maintenant, si tu le fais sur ton temps, par charité, certes, ça te vaudra une part d'indulgence au Jugement dernier pour tes fautes si nombreuses. Tu parles : s'occuper de la fille-mère et de son bâtard. Il y a de quoi gagner un arpent de paradis.

Il s'est levé, pâle.

Il s'est tenu un moment, debout, face à la grand-mère qui n'a pas baissé son regard.

Il a baissé la tête et est sorti.

Il a roulé une cigarette dehors puis est parti vers chez la Lucienne.

La grand-mère nous a dit à la mère et à moi :

— Méfiez-vous d'elle ; ce sont pratiques et compagnie.

Ce fut plus tard lorsque le père a fait une colère terrible contre moi que j'ai traversé la rue et que...

J'ai encore le cou de la gueuse entre mes mains. A le serrer, j'aurais eu encore plus de plaisir, si les hurlements de sa grand-mère n'avaient alerté tout le village.

*

Elle était revenue; le père, quant à lui, n'allait pas tarder à retrouver son plaisir.

Elle était seule.

J'ai serré si fort les poignées de ma mob que j'avais les doigts engourdis en arrivant chez la Roseline.

Elle était sur le pas de sa porte à voir qui passait dans cet attirail. Lorsqu'elle a vu que c'était moi, elle s'est débusquée à moitié de derrière les roses trémières et les hortensias pour me demander l'air inquiet :

— Qu'est-ce qu'il y a?

— La Germaine, que j'ai dit.

Et tandis qu'elle répondait par un « Ah » comme si quelque chose expirait en elle, j'ai ajouté :

— Elle est feue.

— M'en doutais. Ça efface mon rêve. Regarde! Je savais bien que j'aurais une toilette à faire aujourd'hui, j'avais préparé mes attifiots.

De l'intérieur, elle a tiré un panier de vendange au contenu caché sous une serviette blanche.

— Je vais y aller, qu'elle a dit.

— Ouais, la mère vous attend.

— Sale lune! qu'elle a ajouté.

— Qu'est-ce qu'elle a?

— Elle n'en finit pas de descendre. A croire qu'elle veut aller en enfer.

Elle s'est signée.

Elle a refermé sa porte, placé la clé sous un pot de fleurs, vide et retourné.

— C'est pas que j'attends quelqu'un, qu'elle m'a dit, mais c'est pour pas la perdre.

Les fleurs devant chez elle, étaient bien grosses. A

croire qu'elle les arrosait plus que la gorge de ses visiteurs.

Elle est passée à côté de moi pour cueillir son vélo contre un pilot de fagots. Entre la naphtaline de ses vêtements et le fade de son savon, elle gardait cachée l'odeur de tous les cadavres qu'elle avait touchés, lavés, bichonnés, pomponnés. Deux ou trois grosses mouches lui ont fait cortège lorsqu'elle a démarré.

Elle avait les mains blanches, usées. Pour laver la Germaine, la mère et elle tireraient sur le puits. Peu, j'espère. Elles le savaient bien. Mais les mains de Roseline étaient blanchies par l'eau consommée.

La Lucienne ne tirait pas sur notre puits, c'est dire qu'elle avait le sien, creusé tout au bout de son pré comme si, à être à côté du nôtre, il aurait chopé nos maladies. Une vieille histoire, ça ! La même que le partage entre ma grand-mère, la mère de Germaine et, de l'autre côté, la grand-mère de Lucienne. Elles étaient trois sœurs. Est passé un failli qui a marié l'une et a voulu sa part de terre, lui qui n'avait rien, pas même le courage de la cultiver. La brouille était semée. Deux d'un côté, une de l'autre. Qui pour bien asseoir la chose a fait creuser son propre puits dans le bout du pré. Loin !

Le long de la route, des taches d'ombre et de lumière sous les chênes rafraîchissaient.

Sous le casque, ma tête s'est remplie de sueur et d'insectes.

La route était déserte. En semaine, c'était curieux.

Aussi déserte que l'alignement de troènes. Hier soir, la petite me faisait envie. Pas tout son corps, juste son cou. Mais je n'ai plus la tronche qui convient pour les approcher autrement que comme un pépé.

Pourtant...

Ce n'était qu'une tentation.

Comme la maison de Marthe crochète la route, j'ai manqué de me planter dedans. On dit que les maisons ressemblent à ceux qui y habitent. Celle de Marthe annonçait quoi ? Un peu tout : qu'on avait terminé la route ; qu'au-delà, c'était le bourg et qu'au bas du bourg, après le bistrot, se trouvait le cimetière, et peut-être même d'autres choses.

La Marthe était annonceuse des morts maintenant ; enfin du chapelet, de l'office et de l'heure de la sépulture. Autrefois, elle annonçait les baptêmes et convenait des épousailles en cachette. Maintenant c'est su après que ça a eu lieu.

La Marthe était derrière son rideau brodé d'une Jeanne d'Arc. Il est retombé lorsque je me suis arrêté devant chez elle.

La porte était ouverte.

J'ai quand même cogné. Histoire de respecter la politesse ; je me méfie toujours de ceux qui vivent près de la mort.

Elle a dit :

— Entre, Victor !

C'est donc qu'elle guettait, comme l'araignée, sa proie, cachée au bout de sa dentelle.

Elle m'a demandé :

— Qu'est-ce qui t'amène ?

Ça aurait fait drôle si je m'étais écrié :

— Une noce !

J'ai répondu :

— La Germaine.

— Ah ! Déjà !

— Eh oui ! Cette nuit !

— Vous avez raison, c'est pas un temps à les garder.

Elle a sorti deux verres.

— Un petit ? qu'elle m'a demandé.

— C'est pas de refus.

— Avec le temps qu'il fait, ça nous assèche autant que les plantes. A la tienne, mon gars !

Et elle a trinqué.

De la soixantaine où elle se tenait, elle pouvait bien se le permettre car une femme n'aurait jamais trinqué de la sorte avec un homme.

Elle a lorgné la bouteille. J'ai senti qu'elle hésitait ; moi j'en avais sacrément envie. Ça l'a bien arrangée. Je l'ai regardée, suppliant. Elle a dit :

— A quelle heure ?

Elle nous a servis.

— Je sais pas.

— Disons neuf heures pour le chapelet. Tout le monde aura terminé les pansages [1]. Pour l'office et la sépulture, ce sera sûrement demain. Tu verras ça avec le curé et puis tu viendras me le dire en repartant.

Je suis resté à me balancer.

Elle a demandé :

— Veux-tu que je passe à la mairie déclarer la mort ?

— Ouais, ça m'arrangerait.

— Laisse-moi le certificat et le livret de famille.

— Le certificat le voilà, le livret de famille je l'ai oublié.

_____
1. Soins des animaux.

— C'est pas grave, le secrétaire de mairie vous connaît. On lui portera plus tard.

Tant d'histoires alors que c'est si simple.

Quoi ? La mort ?

Non ! Faire disparaître.

La Marthe était vieille. Son cou boudinait en triple menton. Je lui ai dit :

— Merci, la Marthe. Je repasse tout à l'heure.

Et je suis remonté sur la mobylette, les doigts pleins d'espoir.

Manquait plus que trente mètres plus loin, chez Thomas le menuisier, je tombe sur le gars d'hier soir qui était son ouvrier ! Je l'avais bien reconnu malgré la nuit.

Et c'est lui qui m'a reçu !

Ma gueule ne lui disait rien. Hier, il était trop occupé.

La sienne me causait juste de ce que j'avais pensé la veille : pour fauter, il faut savoir s'y prendre.

Il m'a demandé ce que je voulais.

J'ai répondu :

— Voir le Thomas.

— C'est pressé ?

— Autant que peut l'être une morte à attendre son cercueil.

Il n'a pas su s'il devait rire ou pas. Il a souri jaune. Il ne devait pas faire dans le courageux ; il paraissait ombrageux. Rien qu'à le voir avec ses grandes mains grasses de suer. Du coup, j'ai essuyé les miennes sur ma cotte comme si je lui avais serré la pince et que je m'étais mouillé.

Il a dit :

— Je vais voir.

— Je t'attends. Dis-lui que c'est Victor Soulard qui est ici.

Le Thomas n'a pas mis longtemps pour pointer sa face rouge. Tout juste si l'âcreté de la sciure avait eu le temps de me gratter un petit peu le nez. Je me suis baissé, en ai pris une poignée ; l'ai palpée ; ai dit :

— Sec ! Hein ?

Lui qui demandait que ça, s'est esclaffé en disant :

— Viens donc qu'on l'arrose.

Il a sorti une bouteille de dessous les escaliers qui grimpaient chez lui, et trois verres qu'il a posés sur une raboteuse. Il en a versé un peu dans un verre, l'a goûté. Tout juste s'il n'a pas dit :

— Houap ! N'est pas bouchonné.

Il a vite servi les trois, puis on a trinqué à la bonne santé. Il a bu. Moi aussi. Le jeune est allé plus mollo. Il a d'autres plaisirs.

Le Thomas a dit :

— C'est pourquoi, la classe ?

— Eh ben, ma marraine, la Germaine, est morte cette nuit.

— Condoléances ! qu'il a dit puis il a ajouté :

— On va voir ça.

Il a versé un autre verre.

La chaleur montait avec la matinée. L'église a sonné dix coups que j'ai comptés. Le Thomas a dit :

— Quel genre, tu veux ?

Je ne savais que répondre : c'était la première fois que j'avais affaire avec un mort à mettre en terre. Pour tuer, passe ; mais, pour emballer !!! J' n'avais jamais pensé que c'était une affaire d'homme. Il a compris que c'était du latin pour moi ; il a dit :

— Je vais te montrer ça. Ti' Louis, ouvre la

59

remise ! On va y aller. Attends !... je te sers un verre. Tu comprends, il y fait une chaleur à cuire un bœuf : faut que ça s'aère.

— T'as pas peur du feu ?

— Ouais, des fois ; je te sers un coup ?

J'ai hoché la tête.

Un moment après, le Ti' Louis est venu nous dire qu'on pouvait aller. Il a refusé le verre que lui tendait le Thomas.

Lui l'a bu.

— Des poules mouillées ! Allez, la classe, allons-y !

Dans le hangar, la chaleur était suffocante. Le piquant du vernis bouffait la vie du bois. Ça sentait l'hôpital.

*

Celui de Rennes était lavé au crésyl qui nous arrachait le nez.

— Marchez pas ! Bougez pas !

Tout juste si on pouvait être là. Ouais, à condition d'être des momies.

Si on bougeait, on se retrouvait une aiguille dans les fesses et de quoi caramboler dans les rêves pendant quelques jours.

C'était presque cette odeur.

Il y avait tous les lits alignés, pas très propres, parfois merdiques.

*

Ici il y avait les cercueils. De toutes tailles.

— T'as les mesures ?

— Un cinquante-cinq.

— Et de large ?

— J'en sais rien...

Elle était moyenne, la marraine. Entre mes mains, j'ai scellé un bout d'air chaud, je lui ai dit :

— Comme ça... environ.

— Ouais, je vois... Ça ira.

Il s'est tourné vers le Ti' Louis :

— Hein que ça ira... ?

L'autre a rigolé un :

— Ça va à tous les coups, patron.

Le Thomas a rigolé aussi.

Il m'a flanqué un coup dans les côtes.

— On tasse, mon pote ! On tasse !

La chaleur montait dans ma tête.

— Alors, qu'a dit le Thomas, lequel tu veux ? Sapin ? Chêne ? Capitonné ? Plombé ? Poignées argent ?

Il les ouvrait les uns après les autres sur des intérieurs de tissus brillants, rose, lilas, bleu pâle, jaune, blanc, sur du bois.

— Le plus simple.

— C'est bon, qu'il a dit. Je vous le porte quand, pour la mise en boîte ?

Il a ri avec le jeune.

— Je ne sais pas. Chapelet à neuf heures, et enterrement, demain. C'est surtout la chaleur.

— Ouais, cette chaleur fait tourner les viandes plus vite.

On est revenus à la raboteuse. Il nous a servi un verre. On a bu.

— J'irai ce matin, qu'il a dit. Si ça pue trop, tu le fermeras ce soir. Je te laisserai une clé spéciale.

— Tu pourras nous convoyer le cercueil demain jusqu'à l'église ?

— Bien sûr ! c'était compris dans le prix. Pense à passer laisser l'heure quand tu auras vu le curé.

— Ouais, que j'ai dit. Faut que j'y aille.

Et je suis sorti.

Dans la rue, j'ai repris mon souffle en retrouvant l'herbe et les fleurs séchées, les fumées des maisons, les bouts de jardins arrosés.

La cure était à cent mètres, en face de la boulangerie, dans un renfoncement entre d'autres maisons comme pour dire que monsieur le curé n'était pas sur l'alignement de tout le monde : il vivait dans le retirement.

De derrière sa vitre, la Gaudin, entre une miche et une gâche [1], n'a pas manqué de me faire un petit signe. Je lui ai répondu. Son mari porte le pain le mercredi et le samedi depuis une éternité, et la Germaine le prenait aussi. Mais, fallait pas aller contre les coutumes. Ça aurait eu l'air de quoi que j'aille faire l'annonceur de la mort de la Germaine. A la Marthe de passer. La Gaudin lui dira toute fière :

— Ah ben je comprends, je m'en doutais. J'ai vu le Victor entrer à la cure.

Mais la Marthe serait la seule à savoir l'heure du chapelet, celle de l'office et celle de la sépulture. J'ai cogné à la grosse porte.

Mademoiselle Lucie m'a ouvert. Toujours aussi sèche, vêtue des mêmes vêtements qu'en janvier, elle m'a dit :

— Que veux-tu, Victor ?

1. Gâteau vendéen.

— Voir le curé !

— Pourquoi ?

— La Germaine est morte.

— Oh !

Elle s'est appuyée au mur, la main devant la bouche.

— Entre donc ! Puis elle est allée au fond du couloir, a toqué une porte. Une voix grave a demandé :

— Quoi ?

— Victor Soulard est venu vous dire que la Germaine Mandin est morte.

— Qu'il vienne, j'ai pas terminé.

Elle a ouvert la porte puis s'est effacée :

— Rentre, m'a-t-elle dit.

Dans sa cave, le curé tirait du vin. Vêtu d'un tricot et d'un short, les pieds dans de vieilles espadrilles, il était assis sur un tabouret bas.

— Goûte ça, m'a-t-il dit en me tendant un verre après s'en être servi un.

Un peu de framboise et une terre bien ensoleillée.

— Qu'en penses-tu ?

— Hum ! en hochant la tête, d'assentiment.

C'était lui dire que ça coulait bien.

— Ouais, un Mareuil...

J'ai hoché la tête.

Il a dit :

— C'est mon vin de messe ! Hein ! ne crois pas que...

Puis comme s'il venait de comprendre que j'étais là pour autre chose il m'a demandé :

— Que veux-tu ?

— La Germaine est morte.

— Laquelle Germaine ?

— Mandin, de La Paterre.

— Ah !

Il n'avait pas écouté mademoiselle Lucie.

Il a regardé son verre.

— Que dirais-tu de demain matin ?

— Ouais ! vers quelle heure ?

Il s'est essuyé le front avec un large mouchoir.

— Il fait chaud. Demain, ça risque d'être pire. Disons neuf heures.

Il m'a tendu un autre verre. Je sais pas pourquoi (peut-être cette odeur de fruit) j'ai eu l'impression que la fille d'hier était là. J'ai serré. Le verre a cassé.

Le curé m'a demandé un peu inquiet :

— Ça va ?

— Ouais, excusez-moi ! C'est le chaud !

— Oui, qu'il a dit en me regardant par en dessous, c'est le chaud.

Mais il ne croyait pas à ce que je lui avais dit. Il était dans la méfiance.

Je m'étais coupé. Ça saignait. Il a dit :

— Viens.

On est sortis du frais. Le couloir était tiède ; le bureau, aussi. D'un tiroir, il a sorti du rouge et du coton ; avec, il a nettoyé la coupure.

— C'est rien, que j'ai dit.

— Avec le temps qu'il fait, on est nerveux.

J'ai répondu :

— Non !

Il n'a rien dit.

J'ai repris :

— On dira le chapelet à neuf heures.

Là, il a hésité puis :

— J'irai mais c'est pas sûr ; si je peux pas aller

mademoiselle Lucie me remplacera... Tu comprends... Avec tout ce qu'il y a à faire...

Il respirait la vie. A croire que le plaisir
n'était pas loin, et pour lui, sans allée de troènes
où il serait tenu de se cacher pour serrer une
grosse branche à la place d'un cou.

Il a noté quelque chose sur un calepin.

— Voilà ! C'est fait.

— Bon ! et merci, monsieur le curé.

— Le bonjour chez toi, Victor.

Si je lui demandais pourquoi on ne faisait
plus les processions des Rogations pour la pluie
et le beau temps et celle de la Fête-Dieu ? On
partait dans les champs, les enfants déguisés en
anges ; en tête, les demoiselles de Marie, le curé,
les abbés, les enfants de chœur, la chorale, les
congrégations, les statues, l'ostensoire et nous,
endimanchés, pour mettre Dieu, la Vierge et la
nature en désir de récolte. On rigolait aussi de
bons coups, et certains s'égaraient dans les buissons qu'on avait étrennés au printemps, le
dimanche après-midi, avec celles qui gardaient
les vaches.

Le monde n'était plus qu'un sinistre hôpital
bien désinfecté, bien fermé, bien triste. Restait
plus qu'à s'y cacher pour faire ses petites af-
faires.

N'est-ce pas monsieur le curé ? que je ne lui ai
pas dit en lui serrant la main.

Derrière lui, un enfant Jésus m'a fait un clin
d'œil, ou bien une mouche s'est envolée.

De la cure à chez la Louisette, c'était pas
Paris-Dakar : j'avais quelques mètres à faire. La
Gaudin attendait pour me refaire un petit signe

de la main qui ressemblait à un « viens donc ici me dire ce qu'il se passe ». J'ai fait un vague geste de réponse. La Marthe n'était pas passée.

— Alors Victor! déjà au pays? que m'a lancé surprise la Louisette en me voyant rentrer, et bonjour!

— Bonjour Louisette!

On s'est serré la main par-dessus le comptoir. Elle avait une main d'homme. Ce matin, elle jouait le camouflage avec ses murs dans une blouse bleue d'ouvrière.

— Sers-moi une bière.

Elle m'a regardé : c'est pas ce qu'on buvait à cette heure. J'ai ajouté :

— Je suis venu te dire que la Germaine était morte.

— Mon Dieu! qu'elle a dit en se signant. Puis elle s'est accrochée à l'évier en zinc, derrière le comptoir. Elle a souffert?

— Je sais pas : la mère l'a trouvée morte, ce matin.

— Mais ça fait longtemps qu'elle était malade?

— Bien malade?... trois jours.

— Trois jours! Que ça va vite.

J'ai avalé la moitié de la bière.

— Donne-moi un gris et du gommé.

Elle m'a servi avec rapidité. Elle voulait en savoir plus. Pendant que j'ai commencé à me rouler une cigarette, elle m'a demandé :

— Tu crois pas que c'est la sécheresse?

Je me suis arrêté dans mon bricolage, tout surpris.

— La sécheresse? Pourquoi?

Elle cherchait des mots :

— Parce que... Parce que... Enfin c'est pas normal.

— Pour sûr que c'est pas normal.

— Regarde : les Renaud se font livrer de l'eau; paraît que ce matin on en a livré aux Dudit. Le feu s'est mis chez les Richard. Et ces saletés de guêpes : une femme est morte à la suite des piqûres. Sans parler des vipères qui attaquent et des morts...

Elle s'est arrêtée comme si elle avait trop parlé regardant à droite et à gauche. Elle a continué sans quitter l'entrée des yeux :

— Ouais les morts... A La Roche on a agressé des femmes, la nuit, des jeunes surtout...

Là, j'ai dressé l'oreille.

Suffirait que, d'un coup de voiture, j'aille à la Roche ou aux Sables. Si c'était une petite touriste aux cheveux noirs, bien faite, que j'aurais vue fauter.

*

Ce serait comme si la Sandrine était de retour de son bordel d'Aïn El Ma. Elle avait la peau si douce que j'en oubliais la guerre.

Après, on s'asseyait côte à côte et on buvait un Martini-gin. Elle disait que c'était meilleur qu'une bière. C'était surtout plus cher. Elle s'accotait à mon bras, le laissant se caler sous son sein. Moi, j'étais un peu triste parce que ce n'était pas bien, comme aurait dit la grand-mère.

*

La Louisette parlait toujours mais je ne l'entendais pas.

La voix disait :

« Moussah Ben Ali des Beni Khemis !
Moussah Ben Ali des Beni Khemis ! »

Elle avait dû répéter plusieurs fois :

— Ça va pas ? Ça va pas ?

Parce qu'elle est prête à sortir de derrière le comptoir, non pas pour m'aider, mais pour appeler au secours. J'ai répondu :

— Ça va !

— Un coup de chaud ?

— Ouais ! t'as raison, un coup de chaud !

Au regard qu'elle m'a lancé, elle laissait dire sa peur. La peur qu'aura la Lucienne lorsque je rentrerai chez elle, et que, sans dire un mot, elle, saisie de terreur, je m'avancerai, mains tendues, visant son cou et...

La lumière découpait un rectangle de porte dans la demi-obscurité. Fallait que j'y aille ?

— Qu'est-ce que je te dois ?

— Laisse !

Façon de me foutre dehors car je croyais qu'elle allait me proposer de remettre ça.

J'ai quand même remercié.

Une grande table avançait. Elle cherchait la bagarre. Je lui ai jeté un coup de pied. J'ai déchiré la porte. Le soleil m'attendait. Il a cogné. Sec. J'ai failli tomber.

*

Je me suis réveillé à l'hôpital, devant un précipice blanc.

68

— Ne bouge pas ! m'a dit une voix.

J'ai voulu me lever. Je me suis retrouvé quelque temps après, avec toujours le précipice blanc, devant.

*

Dessus se sont inscrits, lentement, l'église avec les chiottes, les troènes, la rue.

J'ai traversé.

Le Ti' Louis et la fille étaient rentrés sous les premiers arbustes. Je les avais suivis. C'était rempli de saletés, de merdes séchées avec les papiers plus ou moins correspondants à chacune. Du journal aux feuilles de cahier. On pouvait y lire « exerc... » et « Jeudi 15 jui... ». De fraîche date. Il n'avait pas plu suffisamment pour que la pluie lave l'encre.

J'ai vu mon billet. Cent francs. J'étais riche hier. Riche d'un cou et d'un dos nus qui m'avaient travaillé pendant le temps de la messe. Fallait qu'encore la nuit, ils soient sous mon nez à sentir la fleur et la sueur aigrelette. Mes doigts n'en pouvaient plus.

J'ai ramassé le billet.

J'ai fait comme si je finissais de me bragueter ; le Pierre était dans son jardin, en face, la soixantaine bien courbée sur ses plants. Il s'est redressé à moitié.

— Que veux-tu, qu'il disait, c'est l'humidité des trous, la maladie du fossoyeur, quand il se tenait le dos en me parlant.

Il a dit :

— Hé Victor, ça va ? Viens donc !

— J'allais justement te voir.

— Ah... !

Il s'est redressé tout à fait.

— Qu'est-ce que c'est ? qu'il a demandé.

— La Germaine, ma marraine, elle est morte. On l'enterre demain.

— Merde ! Avec la chaleur qu'il fait, creuser ! il y a pas de pitié pour moi.

Il s'est retourné vers un seau d'eau fraîche et en a tiré une bouteille qui a bleui. Il a servi un verre et me l'a tendu.

— A la tienne ! j'ai dit. J'ai bu. Lui ai rendu le verre.

Il a attendu de l'avoir rempli pour le lever et me dire :

— A la tienne...

Il a bu... Il a roté... Il a dit :

— Pas mauvais, hein ?

— Ouais ! Ouais ! que j'ai répondu ; il est de chez toi ?

— D'où veux-tu qu'il soit ? de la supérette ?

On a rigolé. Il a dit :

— C'est sa concession qu'il faut que j'ouvre ?

Je savais pas quoi dire. Il m'a semblé normal de répondre :

— Ouais.

Il a demandé :

— Y'a son mari dedans ?

J'ai dit :

— Ouais.

J'étais sûr. On venait mettre un chrysanthème à la Toussaint. C'est moi qui les portais, ces saletés.

Je l'avais vaguement connu. Il était mort si jeune. Au un an de la Josette qui a neuf ans de moins que moi. Il était petit et maigre. « Chéti' » comme on dit. « C'est les poumons », que j'avais entendu dire à la messe d'enterrement. J'avais été enfant de chœur. Le curé de l'époque avait dit avant qu'on commence :

— C'est pas une perte ! l'était bon qu'à boire. C'est vrai que, des fois, le soir, il sortait son accordéon devant la porte, et il chantait en s'accompagnant.

— Je le réduirai ! a dit le Pierre. S'il y a quelque chose, je...

— Non, garde tout.

Une alliance, peut-être une dent en argent qu'il trouverait après avoir cassé ce qui restait du vieux cercueil et mis dans une caissette, les os.

— Merci ! qu'il a dit.

Il m'a tendu un verre. J'ai bu.

Je lui ai dit parce que lui était de la mort, mais là où sont les hommes :

— La Marthe est passée ?

— Non.

— Le chapelet est à neuf heures, et la messe, à neuf heures, demain

— C'est bon, j'irai.

J'avais pas tourné le dos qu'il avait repenché son museau sur les plants.

Chez le Thomas, il semblait n'y avoir personne. J'ai contourné l'atelier. J'ai traversé un petit bout d'allée bien propre entre des rosiers qui m'ont donné du plaisir au nez ; la pelouse était tondue et verte. Depuis que le bourg avait l'adduction d'eau, on n'y regardait pas à l'arrosage. La maison construite par le Thomas était grande et jolie, des fenêtres plein la gueule et une porte d'ébéniste. J'ai sonné. Une gamine, les treize ans, m'a ouvert.

— Ouais, qu'elle a dit.
— Ton père est là ?
— Non !
— Et ta mère ?
— Maman ! un monsieur !
— C'est qui ?
— Je sais pas.
— Demande-lui.
— Qui vous êtes ?

J'ai gueulé :
— Soulard Victor... de La Paterre... Agathe !
— Ah !... J'arrive...

Ça a pris cinq minutes avant qu'elle ne vienne. La gamine me lorgnait. J'en étais gêné. D'autant qu'elle était mignonne et, peut-être, déjà femme. Je lui ai dit :
— Tu vas à l'école ?
— C'est les vacances.
— Ça se passe bien ?
— Ouais... Elle a laissé traîner sa voix. J'aurais pu lui proposer de venir à la plage ou n'importe où ; elle aurait suivi.

J'ai pas pu m'empêcher comme elle était toute proche de lui soulever une mèche de cheveux.
— T'as de jolis cheveux !

Elle a frétillé en les secouant.
— Et un joli cou !

J'ai laissé mon ongle flotter au fil de sa peau. Du velours, je vous dis. Comme je dois n'en avoir jamais touché.

Comme la mère est sortie d'une pièce qui semblait être une salle de bains en refermant une blouse à moitié, je lui ai dit :
— Elle est jolie, ta fille, l'Agathe.

72

— Ouais.

Ça l'agaçait; elle a fait un quart de tour. J'ai dit :

— Elle te ressemble.

Alors elle a souri et a dit à sa fille :

— Va à la cuisine finir les haricots verts !

— Je les ai finis.

— Alors, lave les bocaux et commence à les ranger dedans.

— Mais...

Elle lui a lancé un coup d'œil qui n'attendait pas qu'on discute. La gamine a filé. Ma main s'est un peu levée. Je l'ai retenue au bout d'un petit « au revoir » pendant qu'elle se retournait pour me regarder une dernière fois. La mère a dit :

— Que veux-tu ?

J'ai répondu :

— Euh !... Dis au Thomas que l'enterrement de la Germaine est à neuf heures demain.

Elle a paru savoir que la Germaine était morte. Le Thomas lui avait dit.

Elle a demandé :

— Et le chapelet ?

— A neuf heures, ce soir.

— On ira, cousin Victor.

J'ai souri. Je n'avais plus rien à dire.

— Au revoir, cousine Agathe !

Elle a rigolé et a ajouté :

— Dire qu'il faut une mort pour qu'on se voie.

Me restait plus qu'à la prendre dans mes bras. Tout le monde savait qu'elle en avait besoin : son menuisier de mari passait son temps à se saouler la gueule.

Ouais, j'aurais défait un peu la blouse, caressé

ses seins, ce rebombé de gorge au-dessus pour arriver au cou et...

Non !

Pas ce matin : je voulais garder dans mes doigts le velours du cou de la gamine.

Sur mon dos, ses yeux ont pianoté quand j'ai dégringolé l'allée en partant.

Marthe m'attendait. Un coureur prenant l'élan sur son starter, le foulard sur la tête et la blouse bien boutonnée. Je lui ai dit toutes les heures. Pendant que je lui parlais, elle a barré sa porte et planté la clé dans une de ses poches. Pendant que je mettais mon casque, elle a enfourché un vieux vélo qu'elle a tiré de derrière une murette. Je sortais de chez elle, qu'elle rentrait chez les Lucas qui habitent à vingt pas de là. Peut-être que j'aurais dû lui laisser une pièce ? Je le dirai à la mère.

J'ai retraversé le bourg et pris la route de Beaulieu qui menait au bout de la commune. J'y avais des champs et une mare que je n'avais pas vus depuis les moissons. Cette année on y était allé avec un mois d'avance. Au 15 juillet, tout était rentré. Une petite vigne donnait du bon vin. Je le pressais toujours en dernier et à part : il vieillissait si bien à son compte.

Un vilain poil de chien galeux poussait sur les contrebas de la route. Une bécasse s'est levée, basse et lourde.

Plus je grimpais la côte, plus j'entrais dans un four. Une odeur de cendres. Les arbres ne bougeaient plus : ils collaient au ciel par économie.

La Lucienne m'est revenue, portée par toute la terre craquelée, l'herbe morte, les animaux paniqués. C'était peut-être une brave fille ailleurs mais chez nous, elle avait réveillé la mort.

La voix a murmuré :

« Moussah Ben Ali des Beni Khemis !
Moussah Ben Ali des Beni Khemis ! »

*

Ça avait commencé dans cette ferme, en Algérie, avec tous ces morts, et pour finir, moi qui ai tué. Tuer ne m'a jamais posé de problèmes. Mais tant de tueries m'a saoulé. Rien à voir avec les petits animaux dont je serrais la gorge.

*

Les tournesols hauts comme des bettes, le maïs comme des plants de poireaux avaient été saisis par la sécheresse. Trop tard pour faire un chéti' ensilage chez les Morin.

La plaine était un miroir où le soleil se reflétait. A Aïn El Ma, c'était juste un peu plus terreux parce que notre terre est jaune, là-bas elle était rouge. Les oliviers chantent, disait le sergent, mais il était saoul.

Un oiseau (peut-être un faisan) a tracé un éclair.

Depuis mon retour de l'hôpital de La Roche, il y a quinze ans, le père n'a pas voulu que je reprenne un permis de chasse. Heureusement qu'il n'a pas su comment on m'a tiré des mains, la fille qui se faisait sauter par tout le monde, à l'hôpital, il en aurait caché les fusils.

Les grappes portaient du rouge : on vendangera de bonne heure ; la vigne sentait la fleur, le soufre un peu plus loin. Elle travaillait : la pluie du 15 août avait donné de l'effet. Mais, autour, les arbres, comme des hommes essoufflés, ne bougeaient plus. Sous mon casque, la sueur coulait. Mes yeux se sont mis à piquer. Je me suis mis tête nue même si je n'aimais pas l'être, en plein soleil.

La mare était presque sèche : ne restait qu'un cercle de tourbe encore humide cerné de lentisques brûlés et une flaque au milieu. De larges fentes couraient d'un bord à l'autre. S'en exhalait un souffle de pourriture. Les joncs blanchissaient. D'entre eux, un serpent est sorti, s'est arrêté museau dressé, a humé vers l'humide et s'y est dirigé. Là il a essayé de s'enfouir ; n'y réussissant pas, est reparti vers des touffes de branches dénudées.

Une grenouille a coassé. Puis, rien d'autre que le silence chaud, lourd.

*

Un silence glacé de cour d'hôpital, à Rennes, que je traversais en marchant, marchant, espérant que le bruit de mes souliers le casserait. Je ne m'étais pas aperçu qu'on n'avait droit qu'à des chaussons de feutre. Mais les fantômes, eux, parlaient entre eux et redisaient :

« Moussah Ben Ali des Beni Khemis !
Moussah Ben Ali des Beni Khemis ! »
en me suivant.

Maintenant ils revenaient tripes à l'air, suçant leurs couilles coupées, portant, comme des melons dans leurs mains, leurs mamelles tranchées. Autour de la mare, ils se sont assis avec le fellagha et l'adolescent qu'il serrait mort contre lui, et la femme folle que j'ai égorgée et celle plus jeune que le Parisien m'avait glissée entre les doigts en disant :

— Serre !

*

Une guêpe a vezouné autour de moi. Je me suis levé : je me méfie de ces bestioles, leur piqûre est dangereuse.

Je suis remonté sur ma mob. Il était l'heure de rentrer.

En repassant devant la menuiserie au Thomas, sa fourgonnette a failli me bigorner tellement elle était dans le mitan de la route. Sa femme était désirable. D'autres se seraient arrêtés pour la déguster, mais seuls mes doigts avaient des désirs.

La mob a manqué chavirer dans un bruit bizarre. Mon Dieu faites qu'elle tienne le coup. Je fais tant pour Toi. Elle a continué la route, elle la savait par cœur.

A voir les ombres, la lumière tombait droit ; le midi se cherchait.

La Marthe avait fermé les volets et laissé la porte entrebâillée.

Un chien a aboyé trois, quatre fois en s'égosillant, puis s'est tu après avoir grogné.

Sous les chênes, la lumière était poussiéreuse. La Roseline dormait ; son voisin aussi qui cuvait sa première cuite.

En arrivant chez nous, la plaine était grillée et les haies, couvertes de poussière. Sous le petit pont, le ruisseau était sec. Un lapin a traversé la route après avoir hésité, ébloui. J'ai accéléré. Il a bondi dans le fossé.

Devant chez la Lucienne, une voiture était garée. Lorsque je suis passé, un jeunot a pointé son nez à la porte. Pas à hésiter : avec la tête qu'il avait, il était bien de la famille. Il y a vingt et un ans, quand ça s'est vu que la Lucienne était en chemin de famille, on s'est pas attardé derrière les buissons pour chercher le père. Suffisait de traverser la rue. A la façon dont le père avait tournicoté dans le village depuis que la gamine était arrivée, on se doutait bien qu'il avait dû se passer quelque chose.

*

Elle était venue un jour où j'étais aux champs voir si j'allais au cinéma ou au bal ; la grand-mère, chez nous, m'ayant mis la puce à l'oreille contre le péché que la Lucienne représentait, je l'avais rembarrée. Ça n'a pas tardé à ce qu'elle lance son grappin sur le vieux qui ne l'a, lui, pas refusée.

*

Et puis est-ce qu'une fille m'aurait gardé lorsqu'elle aurait su l'hôpital psychiatrique de Rennes ? A l'époque, elle aurait peut-être accepté pour avoir le reste. Mais le reste, j'y tenais : c'était le bien de la famille.

La Roseline n'était pas chez elle mais ici ; elle et la mère étaient devant la maison à égoutter de la salade. Elles ont dit, je ne me rappelle plus laquelle des deux :

— A quelle heure ?

— Neuf heures pour le chapelet et neuf heures pour la messe.

78

— Ce sont de bonnes heures.

Puis elles sont rentrées.

Les bêtes ont meuglé.

La chaleur tombait sans rémission, aurait dit la grand-mère.

— On mange ! a dit la mère.

Pas plus tôt assis, le père s'est mis à faire du gringue à la Roseline qui s'est trémoussée comme une jeune fille. La mère allait, venait, servait. Le père, rouge comme un vieux coq, rigolait.

J'ai pas fait long feu à table.

Comme il faisait trop chaud, j'ai pris une sache, et suis allé me caler sous notre hangar, en face de chez la Lucienne, mais je lui ai tourné le dos.

*

Les corps du fellagha et des Français s'étaient conservés deux jours.

*

La Germaine n'allait pas tarder de péter de partout.

Le démarrage de la voiture m'a réveillé. Il a fait toute une manœuvre pour tourner. Ou il voulait qu'on le voie ? ou il ne savait pas conduire ? Des mouches voletaient, saoules.

En revenant chez nous, j'ai vu, mal caché dans la haie entre notre jardin et le pré de la Lucienne, le père. Il se griffait le nez dans le soleil pour voir chez la voisine. Il avait l'air tout émoustillé. Probab' qu'elle était en tenue légère pour bronzer. Ou pour attirer le vieux papillon. Dire qu'on disait qu'avec ce qu'elle avait fait à son mari, elle ne devait pas aimer les paysans. Ici ce n'est pas le cas.

Pendant que le vieux se déboîtait ses hanches usées pour mieux se placer, la Josette est sortie de derrière de grandes asperges toutes sèches. Elle a enjambé en faisant attention de ne pas faire de bruit, des rangs de légumes aux fanes brûlées.

*

J'avais avancé comme ça ce jour-là, précautionneusement. Entre le père et la mère, que s'était-il dit ? Je ne sais pas. La grand-mère m'avait prévenu :

— Ça va mal, petit. Avec tous ces pécheurs !

La mère a traversé d'un pas pressé, la cuisine, la rue et s'est engouffrée chez la grand-mère à la Lucienne. On a entendu des insultes, des cris puis des hurlements. La mère est sortie à reculons (je l'ai vue : j'étais sous le hangar). Elle saignait. Elle est repartie en pleurant vers chez nous. Alors, j'ai avancé à pas de loup. Je suis rentré sans rien dire, et j'ai sauté au cou de la Lucienne. Je me souviens que le lardon pleurait. J'ai donné un grand coup de genou dans le berceau pendant que je serrais le cou tendre de la pécheresse. La vieille m'a foutu des coups, s'est agrippée à moi. Paraît que la grand-mère hurlait et que le père est arrivé mais je n'en sais rien. Après, plus tard, il y avait le précipice blanc. L'hôpital.

Mais j'ai, dans mes doigts, le cou de la Lucienne. Tendre !

*

80

La Josette avançait à découvert. Le père, de larges gestes, essayait de la faire déguerpir. Elle avançait. Lorsqu'elle a été à portée du bâton, il a levé le sien, la menaçant. Sans conviction. L'équilibre ne tenait pas. Elle a rigolé sans bruit. D'où j'étais, d'autres auraient pris ça pour une grimace. Elle a sauté sur le côté. Il s'est retenu juste à temps à une branche basse d'un des têtards [1] qui poussaient dans la haie. Elle a battu des mains sans bruit. Une odeur de bois sec, de paille, a traversé la rue. Je l'ai suivie des yeux. La maison de la morte jasait de ses fenêtres fermées, au bout de la rue. J'ai eu soif. La Josette avait pris la place du père dans un creux de ronce. Il l'a repoussée. Ils se sont regardés. Puis comme s'ils s'étaient mis d'accord, ils se sont placés joue à joue pour regarder de l'autre côté. Je suis rentré avaler un verre. Je n'ai pas mis trente secondes pour ressortir. J'ai couru vers l'écurie qu'on avait désaffectée en garage. J'ai retrouvé sans même la chercher la pierre descellée du mur. Je l'ai retirée. Un rayon de soleil fin comme un fil est allé dessiner un point sur le sol noir. L'âcreté des graisses de machines a chassé le pain grillé. Un grillon m'a fait sursauter. J'ai collé mon œil devant le trou. J'ai reculé. Le soleil m'avait mordu. J'ai retrouvé un tesson de bouteille verte juste là où je l'avais laissé, il y a vingt ans et un peu plus. Dans la même excavation que j'avais grattée entre deux débords de pierre. Tout m'a paru être resté en attente comme cette voix qui disait avec le grillon :

« Moussah Ben Ali ! Moussah Ben Ali ! »

1. Ormeaux.

Puis j'ai vu la femme vêtue de son maillot de bain, allongée au soleil. Dans ma main, sont revenus la tendresse du cou, le glacé qui collait la crosse à ma paume. Je suis tombé contre le mur.

Je la tuerai ! Je la tuerai !

Quand la mère est entrée dans le garage ? Quand m'a-t-elle aidé à me relever ?

L'hôpital était chaud ou froid ?

Ils allaient revenir ? M'enfermer ? M'attacher ? Ils diront :

— Ne l'approche pas : il est dangereux.

— C'est un maniaque.

Et je hurlerai. Je hurlerai.

J'avais eu quand même le temps de repousser la pierre mais le tesson est tombé sur le sol. Le père ne l'a pas vu quand il est entré dans le garage en gueulant, essoufflé :

— Mais qu'est-ce qu'il a à crier de la sorte ?

La mère m'a lancé un coup d'œil qui m'a mis nu comme un petit enfant.

— Rien ! Rien ! qu'elle a répondu.

Le père a tout inspecté d'un coup d'œil circulaire. J'avais bien fait de reboucher le trou. Cette femme, je la tuerai. C'est sûr ! Je la tuerai.

Et j'ai rigolé. Rigolé. A me plier en deux.

Le père a hoché la tête de chaque côté. Il pensait que j'étais fou. Ça se lisait dans ses yeux.

Je n'étais pas fou. J'étais simplement prudent parce que le père était fou. Fou de cette femme à demi nue.

Ouais ! Tuer ! je me suis dit.

C'est tout comme si l'agonie de la Lucienne avait commencé.

Le père est retourné chez nous ; la mère, aussi. La

Roseline était sur le devant de porte, les bras croisés, prête à s'occuper d'un nouveau mort. D'une nouvelle morte que je me suis dit sans pouvoir m'empêcher de jeter un œil du côté de chez la Lucienne. Combien de fois, j'ai rêvé d'avoir le pouvoir sur les sorts ! je te lui en aurais foutu une meute au cul !

La Roseline s'est signée après que la mère lui a parlé.

Les vaches ont meuglé en me voyant sortir de derrière l'écurie. La chaleur du pré séchait en remontant jusqu'au cœur des murs. Des grillons s'étaient tus ; ils ont repris de plus belle. Si fort que ma tête en éclatait. Je me suis assis contre le mur de la cave, tenant ma tête. Quelle heure pouvait-il être ? J'ai eu beau chercher, les repères étaient brouillés.

A grands coups de klaxon, Paulo s'est annoncé comme il le faisait deux fois par semaine. Et ça, depuis que la mère ne faisait plus de cuisine de cochon. Pour trois, ça n'en valait pas la peine. C'était façon de dire qu'elle avait vieilli ; elle n'en pouvait plus maint. Le Paulo, fielleux comme il était, avait dû être mis à jour de l'amertume de la mère à ne plus pouvoir faire autant qu'avant. Il s'était rappliqué, l'air de rien, pour acheter des gorets, lui qui ne nous en avait jamais pris ; l'affaire s'est faite. Au troc. « Comme autrefois, mes amis ! » qu'il a dit en jaugeant les rides, les cheveux blancs, les dos cassés et les bâtons de marche des deux vieux. De moi, il avait fait comme si je n'étais pas dans la place. Je n'existais que pour lui remplir les godets qu'il vidait en gardant la cadence. Il dosait des yeux ce que je versais. Le vin du client, bu, c'est autant de gagné. Y'a qu'à la fin qu'il m'a demandé si le maïs viendrait bien cette année, mais juste pour dire quelque chose comme on caresse le chien pour caresser le maître.

— Depuis on mange frais, a dit la mère.

J'ai entendu leurs jacasseries dans la rue. Puis un silence. La mère l'avait fait rentrer en lui apprenant tout, accompagné de signes de mains comme un chef de fanfare, qu'il fallait faire moins de bruit, que la Germaine était feue...

La terre avait soif : faudra trois, quatre, cinq hivers de pluie et de froid pour l'épancher. Elle en était blessée de partout.

La Mésange m'a regardé en balançant la tête comme un encensoir. Ça sentait le crottin, la corne grillée.

La voiture du Paulo a démarré pour s'arrêter presque aussitôt ; le moteur marchait toujours. Il était chez la Lucienne. Qui lui avait dit qu'elle était là ? La mère ? La Roseline ? La fenêtre ? La porte ouverte ?

Je l'ai pas vu ressortir, mais j'ai entendu couper le jus vers six heures. Le fils de la Lucienne est revenu. Il s'était garé de l'autre bord du chemin. Sa voiture cachait tout. Je l'ai vu sortir de son coffre des bouteilles d'eau. A souhaiter que leur puits du haut de pré soit sec ! Le Paulo est parti aussitôt.

Après, il y a eu un silence de soir qui est tombé.

La Roseline est partie : la ferraille du vélo grinçait ; ça manquait d'huile.

Le soleil avait baissé. Les bestioles se sont mises à tourbillonner dans l'air. Une hirondelle a plongé vers l'abreuvoir. Puis une autre. A l'ouest, toujours le vide. A la nouvelle lune du 31 août, si le temps ne tourne pas, on sera parti jusqu'au 15 septembre. A cette allure-là, il sera temps de vendanger. Demain, je nettoierai la cave. J'ai laissé ce matin la hache derrière la porte, faudra que je la range. Après, on ne se rappelle plus où on a rangé les outils. La marraine morte, avec le temps qu'il fait, ne va pas tarder à péter de partout. J'ai même pas vu si elle était dans son cercueil. Paraît qu'avec le bois, ça sent moins.

— Aide-moi à porter des chaises, m'a crié la mère, il n'y en a pas assez chez Mémaine, pour le chapelet.

IV

La Veillée.

La mère avait dit, le souper terminé :

— On se prépare !

— J'irai pas, avait répondu le père.

La voix était si tranchante qu'il n'y avait rien à dire : ça n'aurait fait qu'une histoire de plus.

Je ne me suis quand même pas mis en frais comme pour aller au bourg ; je me suis rafraîchi la goule : ça suffisait. Après je suis sorti sur le pas de la porte rouler une cigarette. L'air était sec, sans fraîcheur : les petites pluies du 15 août n'avaient rien changé.

La mère m'a rejoint, de la tristesse plein ses rides. Elle me regardait l'air de dire :

— Tu sais, je vais te causer de... mais rien n'est venu : j'avais tourné la tête.

Une odeur d'herbe grillée est montée de la nuit suivant un courant d'air que je n'avais pas senti venir.

*

La grand-mère cuisait ses mojettes dans la cheminée et grillait de larges tranches de pain qu'elle enduisait de beurre et de haricots écrasés. Elle me tendait la tartine en me disant :

— Ne pleure pas petit, ça va passer !

Je croyais encore à ce moment-là que ça passerait ; qu'un jour, je serais comme les autres ; et puis, seules les années ont passé, je n'ai pas changé. Je pleurais parce que je ne voulais pas faire de mal. Non, je ne voulais pas que mes doigts se mettent doucement à s'agiter puis aillent de plus en plus vite à la recherche d'un cou, d'un cou de petite bête et... et... non tu ne pèches pas ! Tu nettoies les cages.

Monsieur le curé me semonçait bien assez à confesse chaque semaine. Bien sûr j'aurais pu m'en dispenser mais qu'aurait pensé la paroisse à me voir rester assis dans mon banc pendant que tout le monde allait communier ? Vous parlez d'un scandale. Quel péché le retient, le Victor Soulard ? Là, oui qu'on aurait jasé. Mais ça aurait peut-être expliqué à la mère pourquoi les lapereaux disparaissaient.

*

En ce début de nuit, les grillons s'en donnaient à cœur joie. Un oiseau a coupé le ciel pas encore tout à fait noirci, à peine étoilé des plus brillantes. Les vaches ont meuglé puis se sont tues. Elles étaient inquiètes.

La fraîcheur n'avait pas décidé encore d'arriver.

La Germaine ne mettrait pas longtemps à faire son chemin de pourrissement.

J'ai craché sur la chienne noire qui me talonnait.

La mère est repassée sans rien dire bien que j'aie cru entendre qu'elle pleurait.

La télé marchait pour le père qui n'avait pas décollé de devant, depuis le début de la soirée. Je suis persuadé que, tout à l'heure, lorsque les premiers arriveront au chapelet, il augmentera le son.

Je n'avais plus d'allumettes. Je suis rentré.

Il m'a cueilli avec un :

— Et les bêtes ?

J'ai répondu :

— Elles sont dehors.

— Ah !

Probablement, il n'avait pas trouvé d'autres pierres à me jeter dans les pattes. Je me suis dépêché de prendre quelques allumettes que j'ai glissées dans ma vieille boîte.

La nuit était plus douce : les buis qui bordaient le jardin l'ont dit avec leur parfum tiède de pisse.

Mais les clapiers et l'écurie, comme réveillés, n'ont pas tardé à brailler leur purin.

La grand-mère aurait dit :

— C'est un mauvais signe que cette sécheresse ; il y en a qui feraient bien de se repentir de leurs fautes.

D'ailleurs juste à ce moment, la Lucienne a fermé la fenêtre de la rue. Avant, elle a humé du côté de chez nous avec un air de fouine. Son fils est venu tourner devant moi en me toisant du regard pour repartir. L'insolent ! Après, le père est sorti. Je croyais qu'il allait pisser. Non ! Il s'est contenté de rester sur le pas de porte pour regarder du côté de chez la Lucienne en frisant sa moustache puis il est retourné devant la télé.

Un bruit de mobylette est venu du haut du bois. J'ai suivi la route jusqu'à chez nous. La Marthe a débarqué la première. Elle allait pouvoir vérifier si les gens avaient répondu à son annonce.

Après avoir enlevé son casque et l'avoir accroché au guidon de son engin, elle m'a fait un petit salut, de la main. La mère est allée à sa rencontre. J'avais oublié de demander à la mère si on devait lui payer quelque chose : j'aurais le temps d'ici demain.

Derrière le bois, s'est levé un fin croissant de vieille lune. Une grenouille a coassé. Une chouette a ululé, puis un coq a chanté au loin. Nous n'en avions plus chez nous, ça ne servait à rien depuis qu'on ne mettait plus d'œufs à couver. Les grillons se sont remis à trisser de plus belle.

Il était temps de rejoindre les deux femmes chez la morte. Des voitures, au loin, descendaient vers chez nous. Les phares éclairaient le vide du ciel et le sommet du bois.

Une odeur douceâtre et âcre comme sur les quais où a séché du poisson, m'a léché le museau. Le teint de la marraine avait tant tourné au blême que le drap qui la couvrait en était blanchi, entre les cierges allumés.

J'ai dit en les montrant de la main :

— Avec la chaleur, ils vont fondre ; faudra en acheter d'autres à ce régime...

La Marthe les a éteints après avoir allumé la petite veilleuse que la mère avait préparée pour la nuit dans un verre. Dans l'assiette, le buis trempait dans l'eau bénite qu'avait portée Marthe...

La pièce s'est mise à zigzaguer. Avec les volets et les fenêtres fermés, toutes ces chaises vides en rond autour du cercueil rempli de sa morte, tournaient doucement en se balançant.

En se peuplant, la pièce avait perdu son mauvais

aspect, et le vezounement des cancanages avait couvert le bourdonnement des mouches bleues qui se posaient sur la morte.

A tour de rôle, une main charitable les chassait : fallait voir que ces bestioles ne pondent pas dans les yeux de la Germaine. La mère Pavageau a raconté qu'une fois, on avait vu les asticots qui sortaient des paupières d'un mort.

J'étais allé jeter un œil dans la cave avant que les gars n'arrivent ; le barricot entamé était à peine consommable : deux jours de plus et il tournait ; je le servirai le premier. Ça prouvait que les femmes ne font pas de bons vins. A côté, j'en ai goûté un autre qui datait d'il y a deux ans, quand j'ai fait la vigne à la marraine : il avait une mine de bon compagnon.

Je m'étais demandé qui allait s'occuper de tout ça puisque la Josette n'était pas normale. Je ne m'étais jamais posé la question avant. Les plus proches, c'étaient nous. La mère de Germaine et ma grand-mère étaient sœurs mais la Lucienne aussi était proche. Peut-être que maintenant qu'elle était allée à la terre avec son mari, elle aurait les bras assez solides pour cultiver cette part ?

J'ai dit aux gars qui badaient debout autour des chaises de leurs femmes :

— Venez donc, en attendant monsieur le curé.

Ils ne se sont pas fait prier pour dégringoler les trois marches qui descendaient à la cave. Certains parlaient déjà entre eux, ils ont continué. Moi, j'ai pris le verre de cave, culotté comme un sapeur et je l'ai rempli au barricot qu'il fallait envoyer. J'ai bu le premier. Vraiment il était tant qu'assez râpeux, mais, avec la chaleur, on aurait bu n'importe quoi.

Je les ai servis les uns après les autres dans l'ordre où le verre se passait : les propriétaires, les exploitants, les fermiers, les ouvriers. De temps en temps, une main hésitait mais une autre avait vite fait de corriger la ronde. C'était surtout de la sécheresse qu'on a parlé. Le quota laitier avait fait son temps, et la viande était toujours aussi peu chère : on vendait à perte, c'était connu. Alors, si c'est pour dire toujours la même chose ! Tandis que la sécheresse, elle, Dieu merci ! venait tout juste de s'installer depuis quelques années pour qu'on commence à en parler entre nous.

— On va savoir bientôt les rendements, qu'a dit M. Jousseaume, le maire.

— Ceux du blé n'ont pas été terribles.

— Ouais, un tiers de moins que l'an dernier.

— Le plus grave, c'est le foin, a dit le père Pavageau qui ne pratiquait que l'élevage.

— Et c'est pas fini. Ceux du haut ont leurs puits à sec. Les pompiers leur ont livré de l'eau ; ça ne peut pas durer.

— Vont être obligés de vendre.

— Pour sûr, si ça continue.

— Et si on tire tant et plus sur toutes les nappes comme on a tiré dans le Sud-Ouest sur les rivières, on est tous foutus.

— C'est qu'il n'a ni assez neigé, ni assez fait froid.

— Ouais !

La mère m'a fait des signes de la porte. On devait monter ? Non ; elle voulait me parler. J'y suis allé.

— Quoi ?

Elle m'a fait signe de ne pas faire de bruit ; elle a murmuré :

— Le père n'est pas à la maison.

— Ah !

— Je suis allée chercher mon chapelet que j'avais oublié. La télé était éteinte, et lui, envolé.

De la chambre de la morte, un remugle a léché l'entrée de la cave : un mélange d'odeurs de femmes et de cadavre.

*

A Aïn El Ma, dans la ferme Duprat, c'était ça, mais le froid en guise de chaleur. Tous les Européens étaient massacrés. Dès le seuil franchi, nos nez nous avaient prévenus qu'on allait trouver une sacrée affaire.

*

Ici, il manquait l'odeur du sang. On n'avait qu'une pauvre morte.

La mère m'a secoué le bras.

— Eh ! Le père, je te dis.

J'ai répondu :

— Je m'en fous !

Et je suis retourné à la ronde du verre qui avait été interrompue par mon départ. Les gars ont manifesté leur plaisir de la reprendre, mais à peine un tour fut fait que la Marthe a pointé son nez :

— Mlle Lucie est arrivée.

— Quoi ? qu'on a demandé.

Parce que sa voix était trop lasse, elle l'a élevée :

— M'am'zelle Lucie !

Vite, nous sommes remontés. Chacun a regagné la place derrière sa femme. Moi, célibataire, je me suis flanqué devant la cheminée. Ce n'était pas la plus mauvaise place : un coulis d'air me bassinerait le dos. Après avoir arrosé la morte d'eau bénite, ceux qui arrivaient nous ont lancé des regards assoiffés. Nous, confortés, les avons salués de loin. On n'osait pas bouger dans ces miasmes stagnants de croupi de mare ; ne manquaient que les cachettes pour tirer les canards sauvages. Du côté des appeaux, la Simone braillait de tous ses chagrins, en compagnie de l'Antoinette : toutes deux suffisaient. C'était leur mine à chaque chapelet. On se demandait même si quelquefois on n'avait pas oublié qu'elles étaient de la famille lorsqu'on se retrouvait après et qu'elles étaient parties.

Avec autorité, Mlle Lucie à qui on avait donné la place habituelle du curé, aux pieds de la morte, a demandé :

— On peut commencer ? en lançant un coup de menton du côté de chez la Lucienne qu'elle savait être de notre cousinage.

Un gars, pas loin de moi, a dit :

— Monsieur le curé ne vient pas ?

assez fort pour qu'on l'entende.

L'Arthur a répondu :

— Tu parles, il est avec les jeunesses à la piscine de La Roche... Tout compte fait à choisir !

Il s'est bouché le nez.

Les femmes ont lancé des « Chut ! Chut ! » à faire fuir un troupeau d'oies. Les gars souriaient en douce, du creux entre moustache et lèvre.

— Il ne manque personne, a dit la mère sèchement.

Sûr qu'avec cette façon de parler, il ne restait pas de place. Mais après, quelqu'un a soupiré : c'était comme dire qu'ici ce n'était plus comme avant.

Mlle Lucie a sorti son chapelet d'une petite bourse en métal. Elle a pris le temps pour le défaire. Les petites perles cascadaient avec la fraîcheur d'un ruisseau de printemps. Puis elle a dit d'une voix toute plate :

— Premier mystère douloureux : l'Agonie.

Pendant que je pensais qu'on avait gagné les cinq dizaines des Mystères Joyeux, ce qui faisait une économie de temps à ne pas humer cette puanteur, les gens nous ont cherchés du regard, la mère et moi. Puis les têtes se sont baissées sur les doigts qui grelottaient les Ave.

*

L'Agonie, c'était tous les jours Moussah Ben Ali des Beni Khemis, l'instant où je croisais l'éclair de son regard en haut des escaliers et où j'appuyais sur la gâchette. Il payait d'avoir tué les colons.

*

Les mouches excitées par le bourdonnement des prières allaient et venaient de la morte à nous. Une sur le cou d'Agathe juste là où j'aurais posé mes mains. Le désir montait dans mes doigts. Ce n'était qu'une pute.

Mlle Lucie, après un « Amen » sonore, a dit :

— Deuxième mystère douloureux : la Flagellation.

*

L'homme avait enlevé la ceinture du vieillard ; la culotte bouffante était tombée ; l'homme a ensuite arraché la chemise déchirée. La famille regardait, ligotée. J'ai croisé un regard de femme ; je ne l'ai pas supporté. Le torse nu du vieil homme n'avait qu'une peau flasque à offrir aux coups de ceinture qui se sont mis à pleuvoir, pleuvoir ! pleuvoir ! Celui qui donnait les coups, les accompagnait de « Han ! Han ! » soulignés de buée qui sortait de sa bouche dans l'air glacé. L'un d'entre nous a fait signe à un autre de le rejoindre. Il lui a dit quelque chose tout bas. Puis ils sont allés l'un vers une jeune fille, l'autre vers une qui pouvait être la mère. Ils les ont caressées. Le vieux a fermé les yeux. Les gestes des hommes, de caresses sont devenus des menaces. Ils ont arraché les vêtements des femmes, écarté leurs cuisses. Le vieillard a hurlé longtemps en secouant la tête. Seul, du djebel, l'écho a répondu. Les hommes ont rigolé. Les violeurs s'activaient. Le regard m'a encore croisé. J'ai tiré : la tête du vieux a explosé.

*

Toinou m'a donné un coup de coude. Il était rouge à en péter : il m'a fait un clin d'œil vers le cou d'Agathe.

J'en ai conclu qu'il fréquentait les abords de la menuiserie, la nuit. J'ai souri.

Les Ave s'égrenaient.

On était au Portement de la Croix.

*

L'infirmier avait crié :

— A poil ! A poil !

Je l'entendais mais je ne bougeais pas.

Il a fait un pas vers moi.

— A poil, je te dis !

Au moment où il s'est jeté sur moi, son cou d'homme, piquant, a rencontré mes mains. Je ne savais pas tuer autrement que comme ça ou avec une arme. J'ai serré...

Après ils m'ont mis au cachot. Nu. Tout était capitonné. J'ai cherché la porte pour sortir. Je ne l'ai pas trouvée. J'ai cogné partout. Un endroit s'est ouvert et on m'a fait une piqûre en me gueulant :

— Tu vas pas tout casser tout de même !

Après je me suis réveillé. Je ne me rappelais plus où la porte ouvrait : je n'ai pas cogné ; j'ai pissé. On m'a fait une piqûre parce qu'il n'y avait pas un coin pour pisser. Et j'ai chié aussi mais je ne leur avais pas dit. Ils m'ont fait une piqûre.

L'ampoule était toujours allumée ; elle tournait comme la veilleuse. Il n'y avait pas de fenêtre. Il n'y avait pas de coin. J'ai attendu. Ils m'ont fait manger. J'avais les mains attachées. J'ai attendu.

*

Mlle Lucie a dit :

— Cinquième mystère douloureux : le Crucifiement.

C'était curieux, je venais juste de penser, comme souvent, à la camisole de force quand elle a dit le Crucifiement.

*

Après ils m'ont laissé sortir dans le couloir. Lui, avec sa barbe, était devant une cellule ouverte, toute capitonnée aussi ! Il m'a dit :

« Regarde, je porte Ses Marques. »

Tout doucement, j'avais demandé :

— Qui lui ?

— Lui !

Il a étendu les bras en croix. L'infirmier a gueulé :

— Arrête Bruno ! Pour d'autres, ton cinéma !

Il m'a poussé pour que j'avance en me disant :

— Ne l'écoute pas, il joue le stigmatisé. Mais c'est lui qui se fait les plaies.

J'ai rien dit.

Après, on s'est revus avec Bruno. Il allait mieux. Dans le parc, il m'a dit :

— Je porte ça (il m'a montré ses bandages) pour les racheter de leurs fautes. Il faut les aimer.

— Pas moi, j'ai dit.

Il m'a béni le front en me disant :

— Tu portes une marque aussi. Tu ne pècheras plus mais tu châtieras les pécheurs par amour !

Après, je ne l'ai plus revu. Ce qui est curieux, c'est que lorsque j'en ai parlé le soir à l'infirmier avec qui maintenant ça allait bien, il a augmenté mes drogues. Un jour, il m'a dit :

— Tu ne revois pas Bruno par hasard ?

— Non ! que j'ai répondu.

— Parce que l'autre fois, tu nous as inquiétés, tu disais que tu l'avais rencontré dans le parc.

J'ai pas insisté : j'aurais eu droit au pire. Je me suis contenté de hocher la tête.

*

« Amen » a dit Mlle Lucie, puis elle a repris son souffle. On a remué un peu sur les chaises ; les flammes ont vacillé ; le crucifix a bougé. Comme Lui, Bruno était mort pour les racheter.

« Que Votre Volonté Soit Faite » est tombé tout cru de Mlle Lucie : elle y mettait de la hargne.

Les médecins disaient que la guerre m'avait achevé. Avant donc, je n'étais pas solide ? Pourtant on rigolait de bons coups surtout avec le Jeannot. Il est marié et père de famille ; il souffle comme un bœuf à trois pas de moi ; son œil de coq surveille sa couvée de filles. L'aînée fréquente à ce qu'on dit. Nous, on ne se voit plus : il n'y a plus d'occasion si ce n'est ce soir, cette visite de sympathie à la morte.

Si j'étais fragile, pourquoi ne me l'a-t-on pas dit ? Le père, au lieu d'aller galoper ; la mère, au lieu de le guetter ; et même la grand-mère au lieu de me dorloter ou de m'envoyer en pension à La Roche pour que je sois instruit.

Des pécheurs, aurait répondu Bruno. Tous des pécheurs. Eux aussi avec leurs odeurs pour s'attirer, leurs regards pour s'appeler. Et au milieu, l'Agathe qui, rien qu'en montrant la moitié de son dos, faisait déjà cocu son menuisier de mari. De temps en temps, elle frémissait comme si on la caressait ; l'odeur de la morte s'en éloignait. Faudra, depuis le temps que je le dis, que j'aille faire un tour du côté de la menuiserie, le soir, ne serait-ce que pour voir qui s'y promène.

La Lucienne a un joli dos.

A croire que l'intention de prière de Résurrection ressuscite des choses en moi.

La morte a lâché un grand pet. Une gosse a ri.

On a frelassé des chut ! chut ! puis il y a eu un peu de silence avant de reprendre le chemin de prières.

A la tête des femmes autour du cercueil, j'ai compris que l'odeur les mordait et que, bientôt, elle se jetterait derrière, sur nous. J'ai pris mes gardes : en me tenant le nez entre les doigts, l'odeur était supportable.

*

A l'hôpital aussi, quand je devais retourner dans le service, je m'emmagasinais de l'air, avant. Mais l'odeur de la salle finissait par gagner.

*

L'odeur de la mort était multicolore quand elle s'est jetée sur nous comme prévu. Le Jeannot a dit tout haut :

— Elle fout le camp avant la sépulture, puis il a ricané et nous aussi.

Mlle Lucie nous a jeté le même regard qu'elle avait pour les enfants à la messe : punitif et méchant.

Le coulis d'air de la cheminée s'était tari. Avec l'entassement dans la chambre et les fenêtres fermées, la chaleur avait encore monté. La chienne s'était assise sur le pas de la porte.

On en était arrivé au cinquième mystère glorieux : le Couronnement.

Avant Bruno, je priais déjà. Le Parisien, en Algérie, se moquait de moi lorsque je priais. C'est pour ça qu'il est mort. Mais à l'époque, je ne savais pas pourquoi je priais : je priais pour la fin de la guerre, pour revenir chez nous. Très vite, d'ailleurs, entre les mots, venaient les petits seins des putes au bordel, surtout la Sandrine, ou l'appel de la caille dans la moisson, ou le poil du lièvre frais arraché à l'entrée de la rabouillère.

Après Bruno, j'avais idée qu'il fallait demander pardon et plus j'avais cette idée, plus je priais ; plus j'étais certain de fauter, plus la voix me le disait avec ses :

« Moussah Ben Ali des Beni Khemis !
Moussah Ben Ali des Beni Khemis ! »
— Pleine de Grâce.
Quelle faute, allais-je encore commettre ?
La Lucienne ?
Ce n'était que l'exécution d'un jugement.
— Entre toutes les femmes.

*

J'avais entendu le nom de l'Arabe que j'avais tué. Au casernement, ils l'avaient fouillé. Ç'a été comme un déclic, après c'était Rennes et la cour de l'hôpital. Le médecin voulait que je lui parle. De quoi ?

*

« Amen...! » a retenti fort. Le chapelet était fini. On a bougé ; il était temps. Maintenant, ça puait mais je savais que seul, j'étais propre.

Les femmes ont poussé les chaises. Comme elles ont vu que leurs hommes lorgnaient du côté de la cave, elles ont piaillé des :

« Faut rentrer rapport au petit ! »
« Demain on se lève tôt ! »

« C'est qu'il est tard ! »

Si bien qu'en moins de deux, elles avaient récupéré leurs hommes et ils étaient partis. Rien n'engageait à rester. N'étaient là que les proches comme on dit : la Louisette, la Marthe, la Roseline, les Pavageau, le Pierre, l'Arthur, la mère, moi et Mlle Lucie pour excuser le curé qui avait été retenu.

Elle a dit :

— Quelle chaleur !

— Attendez, a répondu la mère qui a ouvert la fenêtre mais l'air ne rentrait pas. On a donc sorti des chaises sur le pas de porte ce qui, chez nous, n'est pas coutume pour boire.

— Je vais faire le café et toi, Victor, sers les hommes.

— Et du bon ! qu'a gueulé l'Arthur.

Ce vieux gars riche à millions, vivait de ses fermages et se faisait conduire de noces en sépultures, sans compter baptêmes et communions, pour passer le temps. Se faisait conduire car il avait noyé son permis dans le vin.

J'ai ramené un Othello de 79 qui, s'il n'avait pas forci, avait gagné de la bouche. La Germaine embouteillait ce cépage qu'elle vendangeait à part, avec grand soin car elle avait un faible depuis qu'elle avait entendu chanter un opéra du même nom à Nantes, pendant son voyage de noces : elle nous montrait le programme comme preuve. Je n'avais pas entendu cette musique mais je faisais confiance à ma goule pour la qualité. Je revenais avec la bouteille quand la Josette a sauté dans la pièce par la fenêtre.

— Qu'est-ce que c'est ? a dit la mère de dehors.

Les autres s'étaient tus.

— La Josette.

— Ah! elle doit avoir faim, c'est son heure.

Sans rien se dire, ils ont hoché la tête de connivence. C'était une heure bien bizarre.

— Qu'est-ce que vous allez en faire? a demandé tout haut Mlle Lucie.

— On va la garder, que voulez-vous, a répondu la mère satisfaite de son effet.

— Une bien grosse charge!

— Oui.

— Ça vous sera rendu.

— Amen! a dit en ricanant l'Arthur. Puis il a ajouté : si le père n'avait pas été taré, la fille ne le serait pas.

— Taré? a demandé Mlle Lucie avec le ton de questionnement d'un curé à confesse lorsqu'il veut qu'on aille plus loin.

— Ouais! paraît qu'il était phtisique et vérolé.

— Que ça? a dit la Louisette.

— Que ça! a répondu l'Arthur.

La mère a passé des tasses aux femmes et moi, des verres aux hommes, puis nous avons servi elle, le café, moi, le vin, maladroitement : nous n'avions pas l'alignement stable des verres et des tasses sur la table mais des récipients à remplir qui naviguaient en l'air.

De la pièce, se distillaient des miasmes.

— Ça va couler, a dit la Marthe.

— Non, a répondu la Roseline, le Thomas a emballé tout ça dans un sac poubelle. Il a juste suffi de couvrir d'un drap.

— Ouais mais ça empêche pas la puanteur de passer, a dit l'Arthur.

— Nous ne sommes rien, a dit Mlle Lucie.

— Ouais mais pour un rien, je te dis pas ce que ça pue.

La puanteur des corps était celle des fautes.

— Et elle ? a demandé la mère Pavageau en désignant la maison de la Lucienne.

La mère a baissé la tête.

La Louisette a dit :

— Je te plains, Maria ; te voilà de nouveau dans la misère ; comme si tu n'avais pas assez payé.

L'Arthur a rigolé :

— Une misère comme ça, j'aimerais l'avoir dans mon voisinage !

— Tais-toi, chenapan ! a dit la Marthe en lui donnant un coup de cuillère sur le genou.

Arthur a poussé quelques « ouille ! ouille ! » qui ont détendu l'atmosphère.

La tentation, de nouveau, était dans le village. Lorsque j'avais voulu étrangler la Lucienne, la première fois, c'était peut-être pour calmer la démangeaison du bout de mes doigts mais c'était surtout pour faire ce que Bruno m'avait dit de faire : chasser le Mal en Son Nom.

*

La grand-mère disait :

— Chasse le mal en toi et tu ne tueras plus les petites bêtes.

La guerre m'avait fait tuer des hommes, des femmes et des enfants.

*

106

— Elle a un puits ? a demandé Mlle Lucie.

— Ouais, qu'a répondu Pierre le fossoyeur, c'est moi qui l'ai creusé avec son chéti' grand-père.

On s'est tous tus : ça fait longtemps qu'il n'en avait pas tant dit en société.

— Il est bon ? a demandé la Roseline.

Il a hoché la tête autant pour dire quelque chose que pour dire qu'il avait assez parlé.

— Ce fut toute une histoire, ce puits, a dit la Marthe.

— Ouais, a dit la mère, vous comprenez on ne peut pas tout accepter dans une famille.

— Sûr ! a dit la Roseline qui n'avait plus de famille.

— On en parlait encore lorsque nous étions petits. Ma mère qui avait été à l'école avec les trois sœurs, citait cet exemple pour montrer comment une grande famille...

La mère a balancé la tête pour dire qu'il ne fallait pas exagérer. La Marthe a continué :

— Oui ! Oui ! une grande famille pouvait connaî-tre elle aussi des divisions douloureuses pour peu que l'un des membres suive le mauvais chemin.

— Mais, a dit la mère Pavageau, supposons que ce soit un sort et non pas une faute.

— Alors il faut l'exorciser, a répondu Mlle Lucie.

— On ne le sait pas toujours.

— On s'en doute vite : il suffit de regarder les signes.

— C'est vrai. Regardez. Sans aller loin : la nuit d'avant, une chouette a crié ; un coq lui a répondu : la Germaine est morte le lendemain.

— C'est comme moi, a dit la Roseline, j'ai rêvé d'un cortège de communiantes, cette nuit, et la Germaine est morte.

La nuit était calme ; une petite brise s'était levée.

— Ouf ! a repris la Roseline. La fraîcheur revient. On va pouvoir respirer.

Elle a ajouté, après avoir humé l'air :

— Je ne serais pas tranquille ici.

— Pourquoi ? a demandé la mère.

La Roseline a montré, de la tête, la maison de la Lucienne et s'est signée.

J'ai servi aux hommes un autre coup ; ma mère, aux femmes, un autre café. Nous avons pris le temps de boire.

La Josette est sortie par la fenêtre et s'est éloignée dans le jardin. De loin, l'air de mer n'avait plus que son iode jaune, les terres sèches avaient bu toute l'eau.

Mlle Lucie a dit :

— Quelle belle nuit !

— Oui, et quel calme !

Elle a regardé sa montre :

— Oh !... Déjà !... Je vais partir ; M. le Curé va s'inquiéter.

— Il vous attend ? a demandé l'Arthur en souriant.

Le Pierre lui a marché sur le pied. L'Arthur a gueulé, l'air étonné :

— Qu'est-ce que j'ai dit de mal pour que tu me marches dessus ?

— Rien ! a répondu la mère Pavageau. On va partir aussi. Je vais faire une dernière prière.

Elle est rentrée, suivie des femmes ayant pris au passage un brin de chagrin, pour coller sur leurs visages. J'étais certain maintenant que l'Arthur s'était fait conduire par les Pavageau. Malin comme un singe, il est arrivé chez eux vers les huit heures, juste la dernière bouchée avalée, et il a dû prendre sa mine de deuil pour parler de la pauvre Germaine, sa camarade de communion ; dès lors, comment ne pas lui proposer un coin de voiture pour venir au chapelet ? Sacré bonhomme, tout de même !

Dès que les femmes n'ont plus été avec nous, j'ai servi un autre coup. La mère Pavageau qui avait la réputation d'avoir partout une oreille ou un œil, a gueulé de l'intérieur :

— Doucement, hein !

Son mari m'a fait signe de le servir. Il a dit :

— Je conduis !

— Moi non, a dit tout fort l'Arthur en tendant son verre.

Le Pierre n'a rien dit. Des morts, il a hérité le silence.

On a entendu un vague bruit d'oraison. L'Arthur m'a demandé :

— Elle a changé ? en me montrant du côté de chez Lucienne.

— Elle a vieilli.

— Ça !... Mais... Ton...

Il s'est tu, gêné. Les branches des arbres ont bougé un peu. Il y a eu un petit bruit. Puis les pas des femmes qui nous rejoignaient.

— Qu'est-ce que ça va vite, a dit la mère Pavageau.

— Quoi ? a demandé l'Arthur.

— La Germaine !

Elle a accompagné ses mots d'une grimace.

— Et les mouches sont plus nombreuses, a dit Mlle Lucie.

— Mettez le couvercle ! a ordonné la Roseline.

On est rentrés, le Pierre, l'Arthur et moi ; la

puanteur avait tout rempli ; elle s'est insinuée dans mes vêtements. On a eu tôt fait, le Pierre et moi, de prendre le couvercle rangé au fond de la pièce, de le poser et de le visser. Le gros tournevis n'a pas bien tourné.

La boîte fermée s'est trouvée déséquilibrée. Un tréteau a ripé. Le bord du cercueil a cogné contre le sol. Un « floc » sourd a répondu. Puis il y a eu comme un linge qui se déchirait et un remugle horrible. J'ai remis ça en place avec le Pierre et le père Pavageau qui a redressé le tréteau.

En sortant, on a rien dit. Les femmes, non plus. Mais on a tous bu un coup d'Othello.

La chatte est venue et, après avoir senti, est repartie.

— Et le père Soulard comment va-t-il ? a demandé Mlle Lucie en s'en allant.

— Il était fatigué. Il dort, a répondu la mère.

Il dormait peut-être mais parce qu'il était fatigué d'avoir fauté.

Moi j'avais, avec la fraîcheur de la nuit, la certitude d'être propre.

V
La Nuit

La fraîcheur m'aurait empêché de dormir si je m'étais couché. Elle m'aurait rappelé que j'étais un homme et que les femmes ne le savaient plus depuis longtemps. J'ai préféré marcher dans le village. La mère s'était couchée. J'étais seul. D'habitude, c'était lassant ; aujourd'hui, c'était l'inverse. Encore une fois, la Lucienne était arrivée à ce qu'elle voulait.

*

La première fois, avant que je parte au service militaire, juste le mois d'avant, c'était pendant les vacances. Elle était une gamine encore, quinze ans peut-être, à peine. Son père et sa mère qui habitent dans la région nantaise, l'avaient conduite à La Paterre ; on n'a pas très bien su pourquoi puisque nous ne nous parlions pas. Dans le bourg, on a dit qu'elle avait eu des histoires. Elle était précoce en quelque sorte. Pas plus tôt à La Paterre, le lende-main, les lapins crèvent chez nous, sans raison. La grand-mère a fait venir le curé qui a exorcisé tout ça. Mais ça n'était pas assez fort parce qu'après, ça a été les poules, et puis un veau, et moi pour finir qui ai fait une saleté de crise où je suis tombé sans connaissance et me suis blessé. Là, la grand-mère nous a tous conduits à Cholet, voir quelqu'un. Il nous a vus les uns après les autres. A moi, il a dit :

— Méfie-toi de la femme ! C'est elle qui te souillera.

Je lui ai raconté que j'avais une petite copine. Il m'a demandé si j'y étais allé, j'ai répondu non. Rien n'était arrivé. Mais je lui ai demandé de ne pas en parler parce que les parents n'auraient pas été d'accord. A y repenser, je crois que les parents auraient été d'accord parce qu'elle aurait eu quand même un peu de bien à la mort des siens.

Au retour, la Lucienne était partie.

Le gars de Cholet était efficace.

Je l'ai cru.

Mais après, je suis parti à la guerre. Il avait pourtant dit qu'en racontant la crise, je serais réformé. Ouais ! Je me suis retrouvé à Aïn El Ma jusqu'à la fin.

On m'avait dit aussi que les sortilèges ravivaient les petites tares qu'on avait. Mes doigts ont eu envie du cou des jeunes filles.

Le sort n'avait pas été enlevé. La Lucienne était partie parce que les vacances étaient terminées.

*

Au bout du chemin, une petite châtaigneraie d'une vingtaine d'arbres marque l'embranchement avec la départementale. Ce petit bois était à moi ; je ne lui connaissais aucune histoire si ce n'est celle d'avoir échappé au remembrement, par oubli. Un peu d'âcreté parfumait la nuit et les branches battaient doucement la brise. Ça avait tout pour être un petit coin où pisser sans être dérangé. Je me suis approché pour le faire.

Mais un homme était assis sur une vieille souche bonne à débiter depuis deux ou trois ans ; je l'avais laissée là pour m'y atteler dans un creux d'hiver.

Il m'a dit :

— Je te salue bien.

— Moi aussi, j'ai répondu comme si je le connaissais depuis toujours. C'était sur ce ton qu'il m'avait parlé.

Mais tout de même, un homme sur mes terres qui, à cette heure de la nuit, en prenait tout à son aise, n'était pas sans me surprendre.

Je lui ai demandé :

— Qui êtes-vous ?

Et comme j'avais dû mettre un petit ton pas des plus avenants, il a répondu calmement :

— Un ami.

— Oui ! Sans doute ! Mais dites-moi qui ?

— Un ami, je te dis !

— Si vous continuez, je vais finir par croire que vous ne l'êtes pas.

— Qui sait ?

— Arrêtez donc, je n'aime pas ce jeu.

— Je n'en doute pas. C'est pour ça que je suis venu, escomptant te voir. Je suis allé jusqu'à chez toi ; vous étiez au chapelet ; alors j' t'ai attendu. Je viens de te voir. J'allais me lever pour te rejoindre quand j' t'ai vu venir par ici. J' t'ai attendu. Tu ne me reconnais pas ?

— Non !

J'ai essayé de le dévisager.

— Il fait bien noir.

— C'est vrai, sortons de là.

Il a avancé au milieu du chemin en me prenant par le bras. La nuit était sombre ; le croissant de lune avait disparu. Je le voyais mal. Il m'a semblé que je connaissais ce regard brillant.

— Je ne vous remets pas.

— Bruno ! qu'il a dit en riant.

— Ah !

Il m'a retenu.

— Qu'est-ce qui ne va pas ?

— Rien !

Pour une surprise, c'était une surprise.

J'ai roulé une cigarette après lui avoir offert d'en rouler une. Il a refusé et a tiré un paquet de blondes de sa poche. Il était donc là.

J'ai demandé :

— Mais comment tu as su que j'habitais ici ?

— Par hasard, presque.

— Raconte.

— Ben ! Tu te rappelles que je t'avais dit que j'étais moi aussi vendéen. Non ?

J'avais oublié. Il a continué :

— Tu m'avais dit que tu étais de Landeronde. Jusque-là, rien que de bien naturel. Un jeune gars est venu hier vers les cinq heures à mon bureau — j'installe des pompes à eau, je fais des forages et tout ça — pour que je passe chez Mme Martin.

J'ai pensé tout fort.

— La Lucienne !

— C'est son prénom ?

Il a dit ça avec gourmandise, sa cinquantaine frémissante.

— Ouais, continue.

J'avais dû lui couper le ton car il a repris avec une pointe de méfiance.

— Elle veut que je lui installe une pompe. Je suis donc passé vers les neuf heures et demie. Tu sais avec la sécheresse, j'ai un de ces boulots. Elle était avec un vieux, c'est son père ou son jules ?

— Je ne sais pas !

J'ai pas dit qui c'était mais il a compris qu'il valait mieux continuer. Il a dit :

— Bon ! On a parlé. Elle est appétissante, hein ?

— Hum !

— Quel âge, elle a ?

— Pas loin du nôtre.

— Tant que ça, elle ne les porte pas.

— Arrive à comment tu m'as retrouvé.

— En parlant avec eux, tiens ! Ils me l'ont dit parce que j'ai demandé qui habitait à côté. Ils ont dit : les Soulard. J'ai dit : J'ai eu un copain de régiment qui s'appelait comme ça : Victor. Le vieux m'a demandé : en Algérie ? J'ai rigolé. J'ai dit : non, à Rennes ; lui il était vraiment malade. Moi j'étais séminariste à l'époque ; je jouais le stigmatisé : délire mystique et tout le merdier et vive la réforme ! Surtout qu'on pouvait encore aller en Algérie. C'est marrant, tu sais, parce que ça m'a complètement lavé de la religion. J'ai eu qu'une seule hâte, à la sortie : faire la foire et depuis, je la continue. Je me suis marié pour avoir l'ordinaire assuré, et avec mon métier de représentant, à moi les petites clientes en supplément. Et toi, grand-père, non ?

— Non ! Je suis resté vieux gars. Je pensais à toi assez souvent. Je croyais que tu étais mort. Tu te rappelles que tu me disais que tu avais ça (je n'ai pas dit les marques, ou les plaies, mais j'ai montré leurs places) pour les péchés des autres.

Il a rigolé. J'ai continué.

— Ça m'a frappé ; ma grand-mère me disait des choses pareilles sur le péché.

— Je t'ai dit ça ? Possible. Tu sais, j'ai tellement raconté de conneries. C'était facile : on nous avait bourré le mou avec la théologie et tout le saint-frusquin pour que je dégoise ça, sans même me forcer. Il suffisait de poser le problème : « qui régit l'homme : le libre arbitre ? le destin ? ou la providence ? » pour être considéré comme fou. J' te dis : j'ai nettoyé ça. Il n'y a pas de péché, pas de destin ; il n'y a pas de Bon Dieu ; il n'y a rien.

— Tu te sens propre ?

— Avec la douche, pas de souci. Tu veux une pompe pour avoir l'eau courante ?

— Et l'Amour.

— Tu déconnes, la baise, oui ! L'Amour, c'est des momeries pour bonnes sœurs frustrées.

La nuit était calme ; du petit bois s'élevait une odeur de fin d'été ; l'humus buvait la fraîcheur. Un lapin a détalé devant nous.

— Y'a du gibier par ici ?

— Un peu...

— Alors je reviendrai.

— Ouais !

Puis il m'a parlé de son boulot pour essayer de me fourguer sa camelote. J'ai dit qu'on avait ce qu'il fallait. Il a dit :

— Bon ! eh ben je me tire. Passe à La Roche boire un coup.

— Ce ne sera pas de refus. Mais on va te revoir au village.

— Ouais s'ils se mettent d'accord. Ils ont à voir pour le fric. Le vieux con trouve que c'est cher ; la femme aurait bien fait tout de suite affaire.

— Ah ! T'es à pied ?

— Non, j'ai caché ma Mercedes en haut : ça flippe trop pour les paysans. On croirait que je suis riche.

J'ai vu qu'il était bien habillé.

On s'est serré la main. Il est parti à pied vers le bois du haut. Je n'avais pas envie de l'accompagner.

Quel Bruno m'avait parlé dans le parc à l'hôpital ?

VI

L'Enterrement

Le meuglement des vaches m'a réveillé plus que l'aube qui entrait par la fenêtre entrouverte. Elles ont bu peut-être toute l'eau cette nuit ? Après, j'ai pensé que la nuit avait été moins chaude presque fraîche, lorsque j'ai revu Bruno. Encore une fois la Lucienne était au centre de la toile dans laquelle on essayait de me prendre.

La mère s'est levée. J'attendais de l'entendre pour en faire autant. Elle aurait été gênée si elle nous avait trouvés debout, avant elle. A la maison, ce point naissant du jour était à la femme. Je ne me levais qu'à un certain bruit : celui du petit coup de cuillère sur la cafetière pour accélérer le passage de l'eau chaude. Je ne me levais plus d'un seul jet : la douleur s'accrochait un moment, à mon dos. Je me déboîtais du lit, bout par bout. Entre, les rhumatismes coinçaient. Je n'avais qu'à prendre le mal en patience comme les autres.

Mais ce matin, j'ai accéléré : l'enterrement était devant nous.

J'ai avalé mon café à peine assis sur une fesse. On ne boit pas le café debout : ça porte malheur. Puis j'ai rentré les vaches pour la traite, la Mésange en

123

tête ; arrivée à la porte de l'écurie, elle a renâclé devant la puanteur ; le petit frais de la nuit n'avait pas changé l'air. J'ai dû rentrer le premier pour qu'elles me suivent ; elles ont meuglé leur mécontentement devant la litière à changer. J'aurais mieux fait de les laisser dehors.

La Josette a toussé derrière moi pour dire qu'elle était là. Pour la suite, je n'avais qu'à attendre. Accroupie contre la porte, elle s'est mise à gratter le sol avec un petit bout de bois.

J'ai demandé au bout d'un moment :

— Tu veux quelque chose ?

Elle n'a pas répondu.

Je me suis tourné à moitié sans interrompre la traite pour mieux la voir ; j'ai redemandé :

— Tu veux quelque chose ?

Elle a hoché largement de la tête.

— Quoi ?

Elle a repris son mouvement.

— Ta mère ?

De la tête, elle a répondu non.

— C'est pour moi ?

Elle a dit :

— Oui.

— Quoi ?

— Ton père !

— Qu'est-ce qu'il t'a fait ?

Elle a répondu : rien, de la tête. Je lui ai dit :

— Explique-toi alors.

Elle a marqué un temps de silence, d'immobilité.

— Ecoute ! si tu ne veux pas parler, fous-moi la paix, j'ai du travail.

Elle a dit lentement :

— L'argent...

Elle a respiré fortement et a ajouté :

— L'eau.

Puis s'est enfuie. La mère venait vers l'écurie dans de grands claquements de galoches. Le peu que Josette avait dit ressemblait à ce que Bruno m'avait appris. L'heure du chapelet pour feu la Germaine avait été propice à manigance, et nous, pendant ce temps-là, accompagnions la morte dans son premier bout de chemin de paradis.

De la porte, la mère a demandé :

— Qu'est-ce qu'elle voulait, la Josette ?

— Rien.

— Ça me surprendrait. Je sais bien que si elle est venue te voir, c'est qu'elle voulait quelque chose.

— Rien, je te dis.

— Ecoute, je ne vois pas pourquoi tu fais toutes ces cachotteries.

La mère allait s'atteler à me labourer de mots jusqu'à ce que je dise ce que je savais. L'acharnement qu'elle y mettait m'était désagréable comme la voix de la mauvaise conscience. J'ai fini par répondre :

— Elle a dit : l'argent et puis après l'eau...

— C'est tout !

— Ouais, c'est tout !

J'ai continué ma traite. Debout dans la porte, elle se frottait le menton. La puanteur montait si épaisse qu'elle flottait, blanchâtre et lourde. Les vaches manifestaient des agacements. Des bestioles de toutes sortes, nanties de dards acérés, nous harcelaient les bêtes et moi, dans des bourdonnements ivres.

*

A l'hôpital, le vieux, à côté, pourrissait du dos ; la peau se détachait en lambeaux et dévoilait des plaies purulentes : il avait macéré dans sa pisse et sa merde. On ne va pas le changer à longueur de journée. Il fait ça pour nous emmerder. Il puait la putréfaction. Je ne pouvais pas me boucher le nez sous les draps. J'étais attaché. C'était après que la nymphomane m'avait entrepris pour me pourrir aussi. Elle m'avait offert une cigarette comme une dame de la Croix-Rouge : j'ai même cru que c'en était une ; pour me toucher, l'air de rien, mais quand sa main s'est posée sur moi, elle n'a pas pu retenir son éclair de regard de serpente. J'ai dû lutter contre ce démon. Je lui ai sauté au cou. Les infirmiers étaient de mèche avec elle qu'ils lançaient dans le parc à la chasse aux hommes désemparés pour les pourrir. Ils l'appelaient « la nymphomane » pour cacher leurs desseins. Ils m'ont attaché, ligoté pour me faire taire : j'aurais pu dévoiler leur plan.

*

Comme celui de la Lucienne et du père maintenant.

— Victor ! Victor ! a hurlé la mère.

— Quoi ?

J'ai sursauté.

— Il n'y a pas le feu.

— Non, mais laisse cette vache, elle se plaint ; tu la tires depuis un quart d'heure et dépêche-toi, le Thomas ne va pas tarder.

Puis elle a ajouté :

— Le père ne viendra pas.

J'ai haussé les épaules puis j'ai froncé les sour-cils : ils auraient une matinée de plus pour mettre des pièges en place. J'ai ressenti de l'inquiétude. J'en parlerai au Paul, l'intégriste, qui va aux messes en latin : leur prêtre croit à toutes les forces.

J'ai remis les vaches dehors. La sécheresse avait encore un peu plus blanchi les champs, les haies, et vidé le ciel. A l'ouest, pas un nuage, et l'odeur de la mare vaseuse qui se desséchait au bas du pré s'épuisait comme un râle. Les bêtes ont bu puis se sont casernées dans l'ombre. La chienne noire a bu aussi puis est revenue avec moi vers la maison.

La fenêtre de la Lucienne était ouverte.

Le père était planté devant l'écurie comme la mauvaise justice. De son bâton, il donnait des petits coups dans le granit du mur.

— Tu peux pas mieux me nettoyer ça ?

— Avec quelle eau ?

— Eh ! Je te parle poliment moi, qu'il a dit. Tu me nettoieras cette pourriture. Ça te ressemble.

Je l'ai dépassé. Il a gueulé :

— Eh ! Tu peux t'arrêter quand je te cause, puis plus fort encore... et en revenant de la sépulture, je te verrai, j'ai quelque chose à te dire.

J'ai pas répondu.

Derrière la fenêtre de la Lucienne, le petit rideau blanc a bougé.

Je suis allé casser la croûte. J'ai fait ma toilette et me suis mis le costume du dimanche que la mère avait préparé sur le lit.

Le camion laitier est passé.

Si le père ne m'avait pas parlé dès ce matin du fric pour la pompe, c'est que la veille, avec la

Lucienne, ils n'avaient pas eu assez de temps pour mettre les mots en place : en bon maquignon, lui savait qu'il suffisait d'un mot de travers pour que le doute s'installe dans l'esprit de l'acheteur. Ce que le père ne savait pas, c'est que moi, j'étais déjà décidé à dire non. Il allait en être retourné. Faut dire que jamais je ne lui avais dit non.

Le Thomas a fait pétarader sa camionnette devant la porte. La mère est sortie. Il était déjà sur notre pas de porte. Il lui a dit :

— Fi' de vesse ! paie-moi un coup, la Maria ; je crève de chaud.

J'avais pas attendu qu'il soit entré pour lui servir un verre. Il a lancé un sourire au rouge en le voyant.

— Bon !

Il a bu et il m'a tendu son verre. Le Ti'Louis a garé la camionnette devant chez la Germaine.

Le Thomas a dit après avoir bu le deuxième :

— On y va !

On a traversé la rue. Du jardin, est descendu un bruit de course : la Josette s'enfuyait. Les sillons étaient plus piétinés qu'hier. La mère n'avait plus qu'à s'y remettre si elle voulait avoir du poireau d'hiver, le sien était tout mâché. Des oiseaux picoraient entre les poules, le vert écrasé.

Pas de doute, que je me suis dit en rentrant dans la pièce, elle est bien morte : la puanteur était pire que dans l'écurie et pas de même nature. Je me suis signé.

Le Thomas a rigolé en disant :

— Elle schlingue. On croit que parce que c'est vieux, c'est usé, qu'il ne reste presque rien mais quand on est comme maintenant, à la dernière rencontre, on s'aperçoit qu'il y avait encore de quoi faire un beau tas de pourri.

Le Ti'Louis était pâle.

— Faut que je vérifie...

Le Thomas a ouvert le cercueil.

— J'ai bien fait : t'avais mal vissé. Aide-moi Ti'Louis.

Ils ont soulevé le couvercle.

J'ai pas pu m'empêcher de tourner la tête. La Bête m'a sauté dessus !

*

Comme les infirmiers de loin si tranquilles avec leur allure de chanoine quand ils s'approchent. Ils vous saisissent. Ligotent. Piquent. On dit aussi que parfois ils tuent. Mais moi, je ne l'ai pas vu : il n'y avait que des morts naturelles.

J'avais flingué Moussah Ben Ali des Beni Khemis.

Moussah Ben Ali des Beni Khemis.

La voix est revenue.

— C'est dans votre tête, soldat Soulard, avait dit le médecin.

Qu'en savait-il ?

*

— Victor !

Le Thomas me secouait le bras.

— Aide-moi !

Il avait fini de boulonner le cercueil. Le Ti'Louis était au pied. Le menuisier et moi avons chargé la tête.

— Allez !

129

On a levé ensemble.

Dedans, ça vivait. Un nœud de plissements, de frôlements, de grattements, de petites explosions sourdes.

— Elle travaille, a dit le Thomas.

Avec moi, c'était la puanteur qui travaillait.

*

Nous étions descendus de la mechta. J'ai pris une douche, et une autre, et une autre. « Tu deviens maniaque », m'a dit le Parisien. Je ne lui ai pas dit que c'était l'odeur de merde de la femme qu'il m'avait forcé à étrangler que je gardais collée à la peau. Et pourtant j'avais bandé. Je me lavais aussi parce que j'avais joui. Il fallait me faire propre.

*

— Attention, a dit Ti'Louis.

On a arrêté. Il a calé le pied du cercueil sur le sol métallique de la camionnette et est descendu. Le Thomas et moi avons poussé la boîte qui a cogné contre la cabine.

Ti'Louis l'a casée avec deux tréteaux au pied contre la porte arrière qu'il a refermée.

Un bouquet confectionné avec trois faillies fleurs à la main, la mère tout endimanchée et chapeautée de noir comme pour l'enterrement de feu la grand-mère, je le pense, est venue dire au Thomas qu'on s'arrêterait, au passage, prendre la Roseline. Il a dit qu'il n'avait pas de place avec lui. Il n'y en avait même pas pour sa femme. J'ai pensé : qu'à cela ne tienne, la Roseline se calerait entre la mère et moi dans la bétaillère. Ti'Louis a rouvert la porte arrière pour mettre le bouquet à côté de la morte et nous avons démarré.

A la petite châtaigneraie, il m'a semblé que le fantôme de Bruno, celui que j'avais rencontré à Rennes, était là à faire un signe de bénédiction qu'éclairait le stigmate. J'ai pas pu m'empêcher de chercher la Mercedes cachée dans le bois du haut, lorsqu'on l'a doublé. Le bois était désert. La sécheresse avait cuit les buissons. J'ai baissé la glace.

— Attention de pas s'enrhumer ! a dit la mère.

L'éteule a jeté des odeurs blanches qu'entrecoupait le parfum âcre des herbes folles.

Le Bruno avait vu le couple que formaient le père et la Lucienne. Il reviendrait installer une pompe. Entre lui et la Lucienne, se tisserait une toile de désirs, de mots d'approche, de caresses, qui tuerait le père.

La Roseline se dressait noire, entre les hortensias touffus et les passeroses déplumées. La porte fermée derrière elle, elle était prête. Le Thomas a stoppé un peu plus haut pour me laisser garer. La mère est descendue pour la laisser monter. Le contact de la cuisse de la femme contre la mienne était si complet que j'ai cru sentir le grain de sa peau. Je me suis poussé. La Roseline m'a lancé un drôle de sourire derrière les grosses fleurs bleues qu'elle tenait entre ses mains. Elle a dit :

— Il y avait une grosse voiture dans le bois du haut quand je suis partie. Les amoureux ont de ces idées !

— C'était peut-être autre chose, a dit la mère.

— Quoi ?

— Tu sais avec le voisinage, il est possible qu'on ait du passage dans le village.

— Ça c'est vrai ! Les bonnes adresses se connaissent vite.

— Tout de même, pourquoi se garer si loin ?

— Pour ne pas être vu... Tu sais bien : le bois, le pré par-derrière, et ni vu ni connu.

— C'était la voiture à qui ?

— Pas une de Landeronde, je l'aurais reconnue, a dit la Roseline ; elle devait venir de La Roche.

— Que veux-tu ? On ne fréquente pas les paysans. Regarde ce qu'elle a fait de son mari. Il lui faut du grand monde.

— Dame ! Ce genre de femme est toujours préféré à une fille honnête, a souligné la Roseline.

Puis elles se sont tues.

Les Pavageau se sont mis du cortège, aux premières maisons du bourg. Ils avaient pris l'Arthur et la Marthe qui plastronnaient à l'arrière de la voiture comme un couple de maîtres.

Ensuite, se sont joints l'Armel et sa famille. Puis le cortège a grossi. Le Thomas, devant, roulait au pas, fier comme Artaban, et sobre, ce matin, comme un chameau. Il n'avait bu que quelques verres de travailleur : il prendra sa revanche au retour.

La dernière à nous rejoindre, je l'ai vue, nous étions déjà descendus de la bétaillère, a été la Louisette qui, quand elle a vu la voiture de queue se garer, a fermé sa boutique, et a traversé la rue. On s'est regardés la mère et moi, conscients qu'on était maintenant au complet ; même le père Jousseaume qui se faisait appeler M. le maire depuis qu'il avait été élu aux dernières municipales, venait d'être entrepris par le cousin Paul, le plus intégriste de bourg. Pas difficile à les voir : ils étaient les deux seuls à porter cravate ; moi, je n'en avais pas et avec la chaleur qui était montée, j'avais abandonné la veste dans la bétaillère et remonté les bras de chemise comme les autres gars. Il y avait d'ailleurs un sacré fumet de sueur et de peaux ! Un peu plus et on se serait cru dans un bal de noce après la danse de la brioche [1].

Le curé, bon prince, nous attendait à l'ombre du porche, debout.

On a déchargé le cercueil qu'on a posé sur les tréteaux, devant lui. Puis la mère a tenu son bouquet de fleurs et Roseline le sien qu'elle n'avait pas arrêté de réchauffer sur son cœur.

Le Ti'Louis m'a collé entre les pattes une croix de souvenir en faux marbre. J'en suis resté comme un gland. La mère, qui avait dû voir la gueule que je faisais, s'est approchée et m'a dit doucement :

— C'est pour ta marraine.

J'ai hoché la tête : j'avais toujours l'air aussi con. C'est pas que j'étais contre, mais de porter ça, me donnait un air que j'aimais pas.

Le curé a commencé à blablater un accueil mais lorsque j'ai suivi son regard, je me suis demandé si c'était la morte qu'il accueillait ou les jolies paroissiennes qu'il localisait soigneusement entre les gars venus à l'office, les unes après les autres ?

La mère a chassé une guêpe qui avait entrepris de se payer un godet dans ses fleurs. Résultat : ce furent les hortensias qui ont hérité de la guêpe. La Roseline, qui ne devait pas l'aimer, s'est mise à

---

1. Danse pendant la noce que les hommes seuls pratiquent en portant une énorme brioche à bout de bras.

secouer le bouquet : d'abord juste un peu pour qu'elle parte mais comme la saleté de bestiole ne décollait pas, elle l'a secoué plus fort ; un hortensia a fait un vol plané pour aller plonger dans les chiottes dont la porte était restée ouverte : c'est dire que la fleur avait parcouru plus de trente mètres.

Des gamins se sont fendu la pêche. Heureux !

Aussitôt les filles de la chorale ont entonné un cantique. Le curé les guidait par hochement de tête et clin d'œil tandis qu'à l'intérieur de l'église, Mlle Lucie à l'harmonium, essayait de cheminer en leur compagnie. J'ai senti que la mère était heureuse : la cérémonie s'annonçait belle ; le cercueil se tenait correctement.

Ce fut juste au milieu de la nef qui dans notre église n'est pas bien longue, que le cercueil s'est oublié dans un sacré bruit de pet. Comme le reste nous suivait, on s'est un peu cognés car ça nous avait scié les pattes à la mère et à moi. Ils ont ensuite trouvé une drôle d'atmosphère lorsqu'ils se sont assis. J'ai pas pu m'empêcher de sourire lorsque étant encore debout à côté du cercueil qu'on venait de poser à l'entrée du chœur sur des tréteaux, j'ai jeté un coup d'œil sur l'assemblée. Même le cousin Paul, qui est Dieu sait combien regardant sur les traditions, n'a pas pu s'empêcher de se passer le doigt entre son cou et le col de sa chemise pour décoller l'étoffe, et reprendre dans une grimace le contrôle de sa salive qui était restée coincée. C'est que vraiment ça puait.

J'ai rejoint la mère qui venait de déposer ses fleurs d'un côté du cercueil, et la Roseline, de l'autre. J'avais refilé ma croix à la Marthe avec l'excuse de la morte à porter.

Le père était avec la Lucienne à fomenter tout un complot dans lequel il pensait m'avoir. J'aurais peut-être encore une fois rien dit, mais là je ne pouvais pas : leur faute rejaillirait sur nous. J'allais veiller à ce que tout redevienne comme avant.

La chorale a chanté ; le curé veillait sur son joli petit troupeau avec un regard qui m'a mis mal à l'aise. Quand nos regards se sont croisés, il a rougi. Pris en flagrant délit !

Maintenant qu'on était tous tassés dans l'église, il faisait une sacrée chaleur. L'harmonium a broumé tout un bout de « Seigneur, Pardonnez-nous » que les filles ont repris. A chaque ripouné, le curé battait la mesure. Ensuite il a humé l'air du côté de la chorale avant de lire l'oraison. Une fille s'est levée et est venue faire la lecture. Le curé avait choisi la lectrice et le texte.

« Oui, dit l'Esprit de Dieu, qu'ils se reposent de leurs peines car leurs actes les suivent. »

Celui d'avoir tué Moussah et, avant lui, la femme de la mechta, et avant, les centaines de petites bêtes qui se sont mises à tourner en rond autour du cercueil.

La grand-mère me disait :

— Tout ce que tu décides de faire, tu en rendras compte.

— A qui ? que je demandais.

— A Celui qui voit tout du ciel.

J'ai rigolé en me demandant si, au même instant, il voyait les épaules demi-nues et le cou gracile, et le curé qui les lorgnait et mes mains qui auraient bien serré.

Des mouches bleues tournaient autour du cercueil et accompagnaient le bout de psaume à demi avalé par la chanteuse qui, de son côté, avait un regard si tendre que, sans voir l'autre bout, j'étais certain d'y trouver un gars qui la regardait en retour avec béatitude.

Après un alléluia vite enlevé, le curé a avalé un bout de la Passion selon saint Jean.

« Quand il eut pris le vinaigre, Jésus dit : tout est accompli. Puis inclinant la tête, il remit l'Esprit. »

Je ne voulais pas tuer Moussah Ben Ali des Beni Khemis ni la femme.

*

Le chef avait dit : « Monte et flingue-le » lorsque le Parisien avait été tué et le Parisien, l'avant-veille dans la mechta, m'avait poussé la femme dans les mains : « Serre ! Serre ! » il avait crié pendant que les autres...

*

Je n'étais pas allé chercher la Lucienne non plus.

Ma mère m'a donné un coup de coude : le petit panier d'osier que tenait la Marthe attendait son offrande. J'ai plongé la main dans la poche et j'ai tiré la première pièce qui est venue. Dix francs. La mère a sursauté. Elle a regardé la poignée de petite monnaie qu'elle tenait et a trié, entre deux doigts, un vingt centimes qu'elle a déposé silencieusement. De l'autre côté de la nef, la Roseline faisait la quête. Le curé, assis, rêvait. Les paniers revenus sur l'autel, il s'est levé, leur a jeté un coup d'œil et a poursuivi l'office.

J'ai suivi jusqu'à l'Élévation parce que la puar

teur était arrivée à nous. Après j'ai dû dormir à moitié. Mais j'ai suivi la mère pour aller communier. Quelques hommes sont restés à leur place dont le cousin Paul. Pas parce qu'il avait péché, il devait être à jour dans ses confessions, mais parce que cette hostie, que tout le monde tripotait, plus ou moins bénie dans une langue qui ne convenait pas (ce n'était pas le latin), était sacrilège. Le curé a bu un coup.

Une soif à désertifier la Vendée me desséchait le gosier. Le curé est allé au plus vite à la fin, et nous avons eu droit à un invitatoire au dernier adieu si rapide que c'était à penser que le curé était pressé que la puanteur s'en aille.

Quand on a chargé le cercueil, j'ai piétiné des taches sur le sol et Thomas aussi. On a fait des traces ; à la sortie pendant que Mlle Lucie, qui ne pouvait pas venir au cimetière, embrassait la mère, elle nous a jeté un coup d'œil qui valait dix coups de pied au cul.

Dans la fourgonnette, il y avait de quoi penser que c'était le début de l'incinération.

Thomas a roulé au pas, toutes portes ouvertes ; la mère et moi, derrière M. le curé, avons formé le cortège dans le fumet qui émanait du véhicule ; la Roseline, la Marthe, les Pavageau, le cousin Paul avec M. le maire — ils s'étaient de nouveau entrepris — et le reste, ont suivi.

Avec la mère, j'étais la famille de la morte, moi qui avais vu la Germaine tous les jours sans m'en douter. Mais les autres jours, on ne me voyait pas comme aujourd'hui.

Cent mètres de marche, à peine le temps de descendre le virage après le bistrot de la Louisette, et personne ne s'est bousculé pour franchir la grille derrière la mère et moi. Des « après vous », des « mais non toi d'abord » et autres simagrées pour dire qu'on préférait que ce soit les autres que soi à s'allonger le premier. Chez nous, les prémonitions valent les actes.

En attendant qu'ils se décident, on a déchargé le cercueil qui, avec la chaleur de la fourgonnette et le soleil, fermentait à gros bruit. Une vraie fin de vendange : j'ai bêtement rigolé parce qu'il y avait le jus avec. Le sac poubelle n'avait pas retenu sa marchandise.

Le curé a récité à bonne allure son enfilade de « Notre Père » et de « Seigneur, Ecoute-nous ». Il a béni tout ça en économisant son eau bénite. On en a si peu vu sur le cercueil que le cousin Paul a dit sur le chemin de sortie : « Le bénitier était vide. C'est aussi bien : celle qu'ils font maintenant ne vaut rien. » Ça doit être pour ça que le curé a remporté le bénitier. On aurait pu lui ramener ; on n'a même pas eu le temps de tous passer au goupillon. On avait beau battre l'air à grands coups de bras, les mouches se sont mises à nous harceler comme celles des sept plaies d'Egypte et à forniquer sur le cercueil. On ne s'est pas attardé au cimetière. La mère aurait voulu lancer la première poignée de terre pour être certaine que le cercueil était bien là où il fallait qu'il soit, mais le Pierre qui avait proprement creusé le trou, lui a dit que, maintenant, ça ne se faisait plus. Aussi, sommes-nous tous remontés, les hommes au bistrot, les femmes à la supérette.

En chemin, l'Armel m'a demandé si la moisson avait donné. J'ai répondu que le rendement était médiocre ; il a dit que, chez lui aussi, ça ne valait pas tripette. Il m'a ensuite demandé si le père allait bien depuis dimanche. J'ai répondu que ça allait, qu'il n'avait pas eu envie de venir. L'Armel a accusé le coup. Manquer une sépulture n'était pas dans les coutumes : on était bien contents de faire le chemin de vie ensemble, il n'y avait pas de raison qu'on n'accompagne pas les premiers mètres de celui de mort.

La Louisette avait tout installé avant d'aller à l'office parce qu'elle finissait d'ouvrir lorsque nous sommes arrivés et, déjà, les verres nous attendaient.

J'ai dit :

— Une tournée !

Le deuxième fils d'Armel a applaudi. Il aurait dit des bêtises si son frère ne lui avait pas fait signe de se taire. Chacun s'est installé selon ses préférences.

La Louisette a posé sur chaque table des bouteilles débouchées. Elles n'y sont pas restées longtemps. On a bu le premier verre pour couper la soif. Le vin était bon. Le deuxième a pris plus de temps. On a commencé par échanger des nouvelles, discuter du prix des bêtes, savoir comment s'annonçaient les vendanges, bref la mesure du quotidien : rien n'avait changé depuis deux jours. Mais quand le Renaud du haut du bourg a parlé des puits, on a senti qu'on avait dépassé l'ordinaire. Depuis mémoire de vieux vivant, on n'avait pas vu ça car soit le juillet était mouillé, soit la Vierge, au 15 août, nous offrait son manteau de pluie. La part des eaux bues était renouvelée. Mais cette année, non.

— Qu'est-ce que ça voilait ? qu'a dit le Dupin.

Le Simon, qui n'était pas très fin, a répondu :

— C'est peut-être un sort ?

Il n'y avait pas de vent dans le bistrot sans ça on aurait dit que c'était son effet, mais c'était tout comme : il y a eu un froid.

— C'est des balivernes tout ça, a lancé l'Armel.

Depuis qu'il avait été ouvrier à La Roche avant de prendre la succession de son père, il avait pris une teinte de syndicaliste dont on n'avait pas besoin dans le coin, et pire, il en avait pris les mots que nous ne comprenions pas. Heureusement que les mots de la politique n'ont pas le même pouvoir que les nôtres.

Alors le Paul s'est à moitié dressé, à l'autre bout de table où il était (peut-être s'étaient-ils mis à l'opposé pour dire qu'ils ne pensaient pas du même côté) et a gueulé :

— Des balivernes, je voudrais bien voir ça !

— Ouais que c'est des balivernes venues des temps d'autrefois, comme les enjoinements et les sorcelleries. C'est parce que vous êtes exploités que vous êtes comme ça. Vous n'avez même pas de quoi faire face à une calamité naturelle.

Là on a su qu'il était allé trop loin car autour de lui et de ses cinq fils tous hommes, s'est fait un discret espace. Pas de quoi nicher une couvée mais tout de même une bonne main de distance : ce qu'on croyait nécessaire pour ne pas recevoir ce qui pouvait l'atteindre, lui, l'Armel, le fort en gueule de l'usine.

Le Paul a défait son col et a tiré sur sa cravate : il n'avait plus besoin de son habit de messe puisqu'elle était finie. Nous, nous gardions le silence. Il a bu d'abord. A claqué de la langue pour dire que le vin était convenable puis a salué la Louisette qui le fournissait et moi qui le payais, et il a dit d'abord à voix basse :

— On s'étonnera pas des malheurs qu'il y a avec des mots de même. La Vierge l'a dit lorsqu'elle est apparue qu'il ne fallait pas pécher ; qu'il fallait lutter contre le Malin ; qu'il fallait croire, non pas à demi-mesure et dans l'arrangement comme entre maquignons, mais dans la peur que le Ciel ne se Venge et nous Punisse de toutes les fautes que les hommes commettent. C'est de toutes parts qu'il faut craindre car lorsque celui dont je taierai le nom vient, il ne choisit pas toujours la mine la plus laide.

*

La Lucienne était jolie, la Sandrine aussi au bordel d'Aïn El Ma, et même la femme que j'avais tuée avec tant de plaisir. Quel était son nom ? La grand-mère m'avait conduit en cachette après Rennes, voir ce désenvoûteur à Nantes, mais ça n'avait rien fait. La voix n'était pas partie :

« Moussah Ben Ali des Beni Khemis !
Moussah Ben Ali des Beni Khemis ! »

*

... C'est facile, a gueulé de mon côté le Paul, de faire comme si on ne voyait pas le mal, on se bouche les yeux, et, pendant ce temps-là, il gagne du terrain ; ouais, je vous le dis, il gagne du terrain ; il est à votre porte ; il la franchit ; il vous saute dessus.

Plusieurs en ont fait de même.

— Vous voyez, dit Paul en ricanant, vous avez la peur collée à vous parce que votre conscience n'est pas propre. Si votre conscience n'est pas propre, les mauvais sorts vous tomberont dessus parce que votre église ne vous défend plus : elle est pourrie.

Ça y est ! on y était. Et, de fait, il a chanté tout un couplet tandis que je voyais l'Armel se morfondre la bouche bien cousue par ce que disait le Paul.

Là où j'ai écouté, c'est quand il a parlé des bonnes fontaines qui étaient presque toutes asséchées.

La Louisette, sans rien demander, a rapporté d'autres bouteilles qui ont été vidées sans attendre ; le Paul discourait toujours. Elle pensait à son commerce puisque je ne lui disais pas d'arrêter.

*

Moi, j'étais avec le Bruno qui m'avait tant paru saint à l'hôpital de Rennes, avec les marques du Christ qu'il nous montrait avant de nous bénir, chaque fois que nous passions : il parlait aussi de fautes que ses blessures lavaient par amour de tous. « A d'autres comme toi Soulard, m'avait-il dit, à être celui qui corrige la faute. Tu as tué l'Arabe parce qu'il avait tué les Européens, et la femme parce qu'elle était arabe, donc impie. » Il m'avait dit, à sa façon, que la Lucienne avait fauté avec le père puisqu'il leur avait parlé comme à un couple.

*

Le Paul pérorait encore. L'Armel s'est levé D'autres ont suivi dont le maire et le Thomas er disant qu'ils avaient du travail. Alors, Paul, voyant qu'on ne l'écoutait plus, a lancé :

— Si vous ne quittez pas votre église sacrilège, vous serez maudits.

Il a bu un verre et est sorti.

— Fi' de bougre, qu'a lancé le Simon, il a du souffle, le cousin.

— Pas autant que toi avec ta moitié.

— Ça !!!

Il en fallait pas plus pour qu'il se mette à raconter dans le détail, sa vie de couple. Chacun argumentait ou posait des questions pour faire préciser un point. Le Simon, tout sot qu'il était, devenu le centre de ce qu'on disait, sentait tourner le monde autour de lui. Si sot qu'aucune fille de la commune n'en avait voulu, tout pourvu de terres qu'il était ; sa mère avait dû se rabattre pour le marier sur une fille de l'Assistance publique qu'elle avait prise petite, à l'hospice, prévoyant l'affaire, et, probablement, l'ayant elle-même — la mère — poussée entre les bernes du lit de son fils. Le ciel les avait récompensés de trois enfants qui sommeillaient à ce que les bonnes sœurs disaient, sur les derniers bancs de l'école privée. Elles les gardaient car la grand-mère était influente dans le bourg.

Maintenant, on riait. Le vin était frais dans l'ombre de la salle jusqu'à ce que, allez savoir pourquoi ? la Louisette ait lancé :

— Les hirondelles sont de retour !

Le Simon à qui elle avait coupé le sifflet a répondu, revêche :

— Elles partent à cette saison, ouais ! tes hirondelles ! fier d'avoir trouvé plus démuni que lui.

— Celle dont je parle, vient d'arriver.

La Louisette, en disant ça, m'a lancé un curieux regard. Si bien que j'ai baissé du nez dans mon verre. Voyant qu'il était vide, j'ai voulu me resservir ; la bouteille n'en contenait plus. J'ai gueulé :

— Une tournée !

C'était façon de payer pour qu'elle se taise. Elle a ramené des bouteilles sous les « Hourras ! » des gars. Un peu plus, et nous étions à la noce, eux remplis de leur femme, de leur gosse, de leur joie, moi, de mon secret : la Lucienne était revenue pour le père.

J'ai pris une cigarette dans un paquet et l'ai allumée avant de m'apercevoir que ce n'était pas une roulée.

— Une gauloise ! j'ai gueulé à la Louisette.

— Et je la saute ! a hurlé l'Arthur.

On a rigolé pendant que je mettais mes cendres dans une plante verte chétive.

*

... pareille à celle entre les racines de laquelle nous éteignions nos mégots à l'hôpital. Le soleil aussi, là-bas, était blanc dans le creux de la porte, et la voix s'est remise à dire dans le creux de mon oreille :

« Moussah Ben Ali des Beni Khemis !

Moussah Ben Ali des Beni Khemis ! »

L'infirmier me surveille. Au premier mouvement, je suis bon pour une piqûre. Alors je ne chasse même pas la mouche qui monte le long de ma main. Elle sait que je la guette, et qu'à la moindre inattention de l'infirmier, je la tue. Elle monte. Je ne bouge pas.

*

— Victor ! Victor ! Victor !
La mouche s'est envolée.
— Une autre, j'ai gueulé à la Louisette qui revenait portant le paquet de cigarettes.
— C'est vrai alors ? que m'a demandé le Bernard.
— Quoi ?
— L'Arthur a dit que la Lucienne était de retour au pays.
— Ouais.
— Ben...
Il y a eu un temps d'hésitation ne sachant pas très bien par quel bout prendre ce fil pas très propre, pour tirer dessus. Le Simon a dit :
— Ton père va en faire un autre ?
Les autres ont ri, moi aussi. Tout le bourg avait su l'histoire du fils de la Lucienne.
La Louisette tenait les bouteilles sur son ventre comme si, se méfiant de ce qui allait se passer, elle préférait les garder hors de la casse. A mon rire, de nouveau confiante, elle les a posées devant moi, toutes. Je me suis levé et j'ai servi.
Puis j'ai demandé :
— Qu'est-ce que je te dois ?
C'était dire que c'était fini : l'enterrement était arrosé, et qu'on avait bien assez parlé de ce qui se passait chez nous.
On a bu. Ils se sont tus. On s'est dit au revoir. J'ai payé.
Il était onze heures et demie.

La mère attendait toute noire, à côté de la bétaillère qui n'avait plus de compagnie sur la place. Elle m'a dit :

— La Roseline est partie : elle en a eu assez d'attendre.

J'ai rien dit.

Elle est montée dans la cabine et s'est assise en calant son petit cabas entre ses pieds.

Je suis monté ensuite. On pouvait cuire son pain. J'ai baissé la glace mais dehors ce n'était pas mieux.

Elle a dit :

— C'était bien, hein ?

J'ai répondu :

— Hum !

Le père avait fini son affaire ; la souricière était prête : je l'écouterai sans rien dire et quand il aura sorti tous les mots bien mis côte à côte pour que je réponde oui, moi, je ferai un petit silence, et je dirai : « non ».

De l'air chaud à odeur d'huile brûlée entrait par la vitre baissée. Le soleil bien haut dans son milieu de matinée mettait tout à l'économie. Presque la sieste. Un petit lapin né des portées de printemps a traversé la route. La mère a essuyé son visage avec un mouchoir qui en a jauni. Elle a regardé le résultat puis a recommencé. Ça n'a pas été plus loin. Elle a secoué le mouchoir puis l'a plié sur ses genoux et l'a remisé dans sa poche.

— Chez le Gégène, à la supérette, ils ont causé de la Lucienne.

Je n'ai rien dit. Elle a continué.

— Pas en bien. Que du négatif. Paraît qu'elle est divorcée maintenant.

Ça, on le savait ; ce qu'elle voulait dire allait venir.

— Elle est revenue définitivement à La Paterre. Elle aurait dit que c'était le seul endroit où elle était sûre de pas mourir de faim. Enfin tout le monde sait que le père l'entretenait avant, pendant et après son mariage.

J'ai stoppé. J'ai demandé la voix rauque :

— Et tu le savais ?

Elle a baissé la tête et a murmuré :

— Oui ! comme quand on regrette d'en avoir trop dit.

Tout le monde le savait sauf moi.

J'ai redémarré. Ainsi donc tout le monde m'avait berné, même elle. Elle a repris :

— On dirait qu'au bourg, ils attendent la dernière du vieux Soulard. Comme si on n'avait pas assez avec la sécheresse !

Je n'ai rien dit.

Elle a repris lorsqu'on est arrivés au petit bois de châtaigniers, à l'entrée du chemin qui allait chez nous.

— Promets-moi de rester tranquille.

Je n'ai pas répondu. Elle a ajouté inquiète :

— La terre est à toi maintenant. Tu n'as rien à craindre. C'est pas comme en 1968.

Si elle avait su que ce n'était pas pour la terre que j'avais voulu tuer la Lucienne, mais pour le salut des âmes ?

VII

Après

La mère n'avait plus dit un mot. J'aurais aimé qu'elle me dise comment elle avait appris que le père entretenait la Lucienne ? avec quel argent ? où il la voyait ? et pourquoi la mère ne m'avait rien dit ? Pour la première fois, j'avais le sentiment que la mère avait peur de moi comme Moussah Ben Ali avait eu peur, et la femme avant lui, et la Lucienne, et la nymphomane, et les infirmiers.

— Arrête-moi devant la maison, m'a demandé la mère, d'une voix fatiguée.

Elle est descendue, traînant ses grosses jambes où les varices gonflées par la chaleur grimpaient.

Elle marchait comme la grand-mère. Seulement la mère portait un poids de plus qui l'enlaidissait.

J'ai garé la bétaillère. Des poules sont venues picorer.

A côté, la radio de la Lucienne chantait dans le pré qui lui tenait lieu de cour ou de jardin. Le père n'avait pas pointé son nez. Par l'interstice entre les pierres, j'ai jeté un œil de l'autre côté : la Lucienne en petite culotte et soutien-gorge lavait des tomates. Son corps était mince et la peau bien tendue. Des papillons tournaient autour d'elle, multicolores.

J'ai remis une petite pierre pour masquer la fente et suis sorti. Elle avait encore de l'eau dans son puits pour en gaspiller tant à laver trois tomates. Bruno viendra lui installer la pompe. Elle trouvera l'argent pour le payer ou... Bruno succombera bien à ses charmes.

Ce n'était pas tout : notre puits, où en était-il ? Je l'avais oublié.

J'ai soulevé le seau. Il était mouillé. Je l'ai lancé. Le père avait tiré de l'eau. Le seau m'a paru mettre plus de temps à plonger ; le floc était lointain. Le puits avait baissé. Je l'ai vu à l'encordée qui s'était déroulée de deux tours de plus. L'eau avec laquelle elle lavait les tomates venait de chez nous. Le père lui avait tiré. Lorsqu'il voulait de l'eau chez nous, il la demandait à la mère qui allait la chercher. Le puits de la Lucienne était à sec. Comment me le dira-t-il ?

Le soleil était presque au plus haut.

Le ciel vide. Pas un bruit, et les odeurs, au brûlé. Tout était tassé. La chienne noire est venue dans mes pattes : je l'ai chassée.

Je suis rentré.

Le père, assis devant un verre perlé de fraîcheur, regardait la télé. Il a dit :

— Je veux te parler.

Je suis allé me débarrasser de cet harnachement tout en eau maintenant. En slip, je me suis assis sur mon lit. J'avais mal au dos.

Le moment était enfin venu.

Lentement, je me suis relevé. J'ai enfilé la cotte que j'avais hier.

Dans la cuisine, pendant que je me servais à boire, le père a lancé :

— Tu pourrais pas répondre ?

Comme j'ai rien répondu, il a repris aussi hargneux :

— J'ai à te parler.

— Je t'écoute.

Il a hésité. Il a jeté un regard sur la mère qui faisait réchauffer la soupe et qui nous écoutait.

— Je t'écoute !

Il m'a regardé, surpris : j'avais répété ferme.

Il a tripoté son bâton de marche, puis m'a regardé de nouveau, mais par en dessous. La grand-mère avait raison : ce n'était qu'un grand valet, et c'est tout.

— Je t'écoute, j'ai dit encore.

La mère a sursauté. Elle s'est mise à aller du buffet à la table, de la table à l'évier, pour tout, et pour rien. Si bien qu'elle a dressé la table en mettant et en enlevant, trois fois au moins, chaque objet.

— La sécheresse, qu'il a répondu.

La Lucienne n'avait pas pu faire entrer dans la vieille tête les mots pour qu'ils y restent. Je n'avais qu'une bouillie quand il m'a demandé :

— Et les mares ?

— Dans les terres du haut, inutilisables ; pas question d'y mettre des bêtes ; et celle d'ici, il vaut mieux ne pas y aller. Au lavoir non plus. On a le puits. Je viens de le voir : il a baissé. Tu as pris de l'eau, ce matin ?

Il a toussoté. J'ai repris :

— On limitera l'utilisation donc pas de gaspillage. J'ai encore les vendanges.

— D'ici là, il pleuvra.

— Peut-être, mais je préfère faire avec ce que j'ai.

— C'est certain : à la lune, le temps tournera.
— On verra à la lune.
— C'est quand la lune ? qu'il a demandé hésitant.
— A la fin du mois.
— Et c'est quand la fin du mois ?
Il m'a eu l'air perdu.
— Jeudi !
— Bon ! on est mardi, ça fait peu...
Il a compté sur ses doigts. Il a dit :
— C'est tout comme.
Je le voyais venir avec ses boniments de maqui-
gnon, qui mettaient la grand-mère en colère.

*

C'étaient ces mots au goût de miel qui avaient
englué sa fille. Des mots de grand valet pour bien se
vendre. La grand-mère disait que je serais le maître
et que le maître devait donner l'exemple pour
pouvoir juger ses valets.

*

La mère a dit :
— On va manger. Vous parlerez tout pendant.
Elle a allumé la télé. Le père a froncé les sourcils.
— Je veux voir mon feuilleton.
Les informations sont tombées : « Le Midi brû-
lait : trente mille pompiers n'y suffisaient pas.
Rocard était allé les voir... Attention aux guêpes, la
sélection de l'hiver ne s'était pas faite, elles étaient
plus nombreuses et elles attaquaient... »
La mère nous a servis, et nous avons mangé sans
échanger un mot.

154

La météo restait au beau fixe; les températures au-dessus de la moyenne saisonnière.

Dans l'entrebâillement de la porte, une poule picorait; le père l'a chassée d'un claquement de mains qui a fait sursauter la mère. Elle a tourné les yeux vers les deux fusils qui reposaient dans un râtelier sur la cheminée. Bien qu'on ne chasse plus, les munitions, c'est moi qui les avais prises, à la signature de la donation.

Une vache a meuglé étrangement. La nuit d'avant, le ululement d'une chouette avait été suivi d'un chant de coq. Je me suis levé. J'ai bu debout sur le point de partir, écoutant dehors, dans le regard surpris du père qui est resté fourchette en l'air. Je suis sorti. L'éblouissement m'a coupé le souffle et l'élan.

*

Le glacé du couloir où de chaque côté, dans les pièces, nous allions découvrir les corps massacrés chacun bien à sa place. Je me suis souvent demandé dans quel ordre ils avaient été massacrés. Nous, nous avions commencé par réunir les habitants de la mechta sous l'yeuse, famille par famille. Puis nous sommes venus les chercher les uns après les autres et les avons torturés, massacrés. Lentement. Au début je me contentais de venir les chercher et de les reconduire dans leurs maisons. Puis pris par la frénésie, j'ai commencé par égorger une chèvre, puis deux, puis la femme que j'ai étranglée, et d'autres que j'ai égorgées ou flinguées, mais j'ai refusé de violer. J'avais joui. Seul, quand mes doigts, après s'être enfoncés dans le cou de la femme arabe, avaient senti son dernier soubresaut.

*

Les bêtes piétinaient autour de l'abreuvoir sale et tiède. J'ai changé l'eau. Les bêtes ont bu après la Mésange, avec avidité tandis que des oiseaux téméraires s'ébrouaient entre leurs sabots, dans l'eau fraîche qui avait débordé de l'abreuvoir.

Les rondins de bois pour l'hiver craquaient. Un lézard a grimpé le long du mur pour s'enfoncer dans une petite excavation. Des insectes aux reflets irisés ont survolé l'eau, et la voix, doucement, a chantonné :

« Moussah Ben Ali des Beni Khemis !
Moussah Ben Ali des Beni Khemis ! »

Pour l'entendre, je me suis accroupi contre le mur comme je faisais à l'hôpital lorsque les fantômes tournaient dans la cour, en se moquant des malades.

La porte de la Lucienne était ouverte, la fenêtre, aussi. Il n'y avait pas d'air ; les odeurs de terre, qu'un filet d'eau avait plus assoiffées encore, jaunissaient entre les ailes bleues des libellules.

Au pied de l'abreuvoir, une vache a arraché le seul brin d'herbe verte qui y poussait. Il restait le sec dont il n'y avait rien à attendre. Le ciel vide s'était enfoncé plus loin.

J'ai senti dans mes doigts des fourmillements.

Un oiseau a voleté sur place au-dessus de l'auge, mais, effrayé par un hochement de tête d'une vache qui est venue boire, s'est envolé d'un long coup d'aile.

Devant l'écurie ouverte, l'urine, la bouse et la

litière fermentée échafaudaient un mur de puanteur.

L'ombre de la cuisine m'a paru fraîche. Sur la table, dans mon verre, le café chicorée était servi.

Le père a dit :

— Tu pouvais pas attendre que j'aie fini ?

Et avant même que je puisse répondre, la mère a demandé :

— Il n'y avait plus d'eau ?

— Presque plus, j'ai répondu.

— J'avais aussi entendu les bêtes, a-t-elle ajouté.

Le père a grogné.

— Les vaches avaient le temps ! J'ai dit, moi, que je voulais te parler.

Je l'ai fixé. Il a baissé les yeux ; ses mots, de nouveau, s'étaient collés les uns aux autres. Son coin de lèvre, bien rasé du matin, tressautait. Il a dit après avoir repris son souffle :

— C'est rapport à l'eau.

Puis :

— Tu m'écoutes ?

J'ai hoché la tête. Moi j'aurais bien fumé... Ça m'agaçait les doigts.

— Tu as vu que l'eau avait baissé... Il a marqué le coup puis il a dit, tout d'une traite :

— Voilà, pas besoin de tourner en rond : la voisine m'a demandé de lui permettre d'installer un bout de tuyau.

— Elle n'a pas besoin qu'on lui donne l'autorisation.

Il m'a regardé surpris, puis a dit avec de la douceur dans la voix :

— Je savais bien que tu étais un bon gars.

— Pourquoi ? Le pré et le puits sont à elle, je vois

pas pourquoi elle a besoin de mon autorisation pour installer ce qu'elle veut.

Il a froncé les sourcils.

*

La grand-mère me disait lorsque j'arrivais en pleurant parce que le père m'avait disputé, pas satisfait du travail que j'avais fait :

— Ton père fait son nez !

Et je ne pouvais répondre que par des sanglots.

*

Il a dit tout rugueux :

— T'as pas compris : c'est sur mon puits qu'elle m'a demandé de faire le branchement.

J'ai répondu :

— Non !

Un silence a suivi. Puis il a dit :

— Quoi ?

La mère a rétréci.

Lentement, j'ai repris :

— J'ai dit : Non !

— Mais je n'ai qu'une seule parole.

— Moi aussi.

J'ai bu mon café puis il a dit :

— On ne peut pas la laisser sans eau... Son puits est à sec.

— On n'est pas allés la chercher pour qu'elle revienne.

Il a pris le temps de chercher ce qu'il devait dire. Maintenant, je savais que, lorsque avec la Lucienne ils avaient préparé son retour à La Paterre, et ensuite ce qu'il allait me dire, ils n'avaient pas prévu le « NON ! », et donc la suite. Il a dit :

— Ouais, mais quand elle est venue, elle ne le savait pas qu'il n'y avait plus d'eau.

— Que veux-tu que je te dise ?

— J'ai pensé quand elle m'a demandé ça, que ce n'était pas grand-chose et qu'on pouvait le faire. Notre puits est bon.

J'aurais pu lui dire que ce que cette femme avait oublié ou ne savait pas, c'est que l'actuel maître ici, c'était moi. Il ne lui avait pas dit.

— Pour le moment, c'est ce que nous avons de plus précieux, notre puits.

Je me suis levé. Maintenant, j'avais une bonne raison d'aller chez la Lucienne. J'allais savoir quel pouvoir elle avait.

— Où vas-tu ? a crié la mère affolée en me tenant par le bras pendant que je me dirigeais vers la porte.

Je m'en suis débarrassé en secouant le bras pour toute réponse. J'ai plongé dans la lumière. Le père s'était levé et il essayait de me suivre claudiquant des pieds et cliquetant du bâton. Il grommelait des :

— Viens ici ! Viens ici ! Tu vas voir ce que...

Mais je m'enfonçais dans le blanc, suivi des cris, des gémissements et du murmure de la voix qui psalmodiait :

« Moussah Ben Ali des Beni Khemis !
Moussah Ben Ali des Beni Khemis ! »

Un essaim de bruits m'accompagnait.

*

Je savais maintenant que si à Nantes, la pute avec qui j'étais monté, ne m'avait pas fait bander, c'est que je payais là le prix des meurtres que j'avais commis en Algérie. Ça, je le dirai à Bruno s'il revient. Je luttais contre la faute en me privant de la sorte. J'étais devenu impuissant pour sauver les autres. Bruno était un faux stigmatisé. Lui-même l'avait dit. Moi non. Tant que la faute nicherait ici, je porterais cette marque.

*

J'ai poussé la porte de la Lucienne du pied retrouvant les mouvements que la guerre m'avait appris. Suivait un minuscule bout de couloir que je ne connaissais pas, la place d'une porte à gauche, d'une à droite, avec un placard recouvert d'un rideau à fleurs au fond. Je n'ai pas aimé cet attifement de maison. Les recoins sont lieux de cachotterie, et la cachotterie, la façon qu'a la mauvaise conscience de se dire.

Dans la cuisine, la télé marchait. J'ai prié un bref instant pour que le fils ne soit pas ici : le petit frère me compliquerait la tâche.

J'ai ouvert la porte avec force. La télé, devant elle accoudée à un bout de table, scintillait sur son visage. La Lucienne a lancé :

— Encore !

Affolée, regardant de partout ; se levant au ralenti ; gardant les mains sur la table où une assiette sale était posée entourée de ce qu'il fallait pour manger. La télé cascadait. Comme le poste était près de moi sur un vieux buffet, je l'ai balancé sur le sol avec violence. Il a explosé. Dehors, ça hurlait. La Lucienne s'est tassée en boule, derrière la table. Des éclats ont volé au ras du sol, et l'ont blessée au visage et aux mains.

— Tu veux de l'eau ? je lui ai demandé.

J'ai pris le pichet qui était sur la table et l'ai versé sur les restes de la télé. Il y a eu un bruit sec de court-circuit.

— Tu veux de l'eau, hein ?

Elle m'a regardé, paniquée.

De la rue, venaient des cris : la mère, pour une fois, essayait de retenir le père Fallait croire qu'il était devenu vieux.

J'ai dit :

— Il ne te sauvera pas ; t'as eu beau l'enjominer[1] pour lui faire croire qu'il était encore jeune, au moins au lit, mais, comme le reste, tout est faux. L'eau, tu n'as rien : ton puits est sec. Tu avais beau garder la main sur le père en trompant le Marc, espérant un jour être aussi la maîtresse de La Paterre, tu n'en auras pas.

— J'ai...

— Tais-toi. Tu ne parleras plus : ta parole est mauvaise. Ecoute !

— Je...

— Tais-toi ! Tu m'as ensorcelé pour qu'il n'y ait pas d'autre femme ici, qu'il n'y ait pas d'enfant, pour que je sois malade. Alors, après ton divorce que tu aurais fait même si le Marc n'était pas allé en prison, tu serais revenue ; cela m'aurait rendu fou et aurait mis moi, à l'hôpital, la mère, au cimetière et ta main, sur La Paterre.

— Je...

— Ne parle pas. Tu n'avais pas prévu la séche-

1. Ensorceler.

161

resse. A croire que la terre, que tu n'aimais pas, te l'a bien rendu. Tout ça n'est rien. Le pire est la faute dans laquelle tu as entraîné le vieux.

Elle a eu l'air surpris.

— Ne fais pas cette mine, tu sais bien. Il faut que tu le paies.

Sa main rampait sur la table comme la serpente.

La grand-mère l'avait dit. Je l'ai laissée faire pour voir. La main ondulait vers le grand couteau de boucherie.

Calmement, j'ai dit :

— Tu dois payer, la Lucienne !

Je me suis élancé, juste au moment où elle atteignait le couteau. D'un coup de pied, je lui ai fait lâcher.

Elle a couru vers la porte du jardin : j'y étais avant elle. Elle respirait fort. Sa blouse mal fermée dévoilait ses seins qui étaient beaux, et ses cuisses lisses et fermes. Elle a reculé jusqu'au lit de coin qui était défait. Je me suis approché d'elle. De la tête, elle disait non. Alors elle a bondi vers la porte d'entrée en me jetant une chaise entre les jambes. Je suis tombé dans les éclats de télé. Elle a refermé la porte derrière elle. Elle a tourné la clé. J'ai lancé un regard sur ma main qui saignait. La voiture a démarré en gémissant, très vite. Le silence est retombé. Les grillons ne trissaient plus.

Puis, doucement, les bruits sont revenus : une vache a meuglé ; une tourterelle a palpité de son vol dans la rue ; une poule a caqueté ; la chienne a aboyé. Sur la table de la Lucienne, une guêpe s'est posée sur des restes de tomates. Du panier que j'avais renversé au passage, montait une odeur douceâtre de fruits meulés. La porte qui donnait sur le minuscule couloir était fermée à clé ; pour ressortir, je suis passé par le grand pré. Sur l'herbe haute, renversée aux pluies du 15 Août, des papillons voltigeaient sur les fleurs à demi épanouies, et l'odeur de foin talé montait à la tête comme celle des premières fermentations du vin. C'est alors que j'ai pensé au panier renversé qui était à nous. Je suis revenu le chercher.

*

La mère et la grand-mère le remplissaient de légumes à préparer lorsque, le soir, elles attendaient le père parti en fredaine ; elles le calaient entre elles et travaillaient jusqu'au moment où, éméché, il ouvrait lourdement la porte, butant parfois contre le montant. D'un geste, elles m'envoyaient me coucher, mais je laissais entrebâillée la porte de la chambre que la grand-mère partageait avec moi, pour entendre la suite, si je ne la voyais pas. Lui avait en tête de se coucher mais la grand-mère disait :

— Le petit veau est mort, ou la graine a tourné, ou... enfin bref une mauvaise nouvelle et invariablement, il répondait :

— C'est pas ma faute ! tout penaud.

Comme s'il prévoyait les mots de la grand-mère qui répondait :

— Ce n'est pas faute de courir la gueuse ?

Et lui, titubant, partait, un bruit de sanglot sec à la gorge, dans sa chambre.

Et moi, agenouillé devant le petit autel de la Vierge que la grand-mère entretenait même en dehors du mois de Marie, j'essayais de prier pour le salut de l'âme de mon père qui était en péril jusqu'à sa prochaine confession.

*

J'ai contourné le pâtis de la Lucienne. La mère plantée devant notre porte m'a fait signe de ne pas rentrer. Le père devait être dans ses grands airs ; elle avait eu sa part pour la journée.

Un battement d'ailes m'a fait me retourner : je n'ai rien vu.

Le midi solaire était dépassé : le soleil cognait.

La gorge me brûlait de soif.

Je pouvais boire chez la Lucienne. Elle ne reviendrait pas tout de suite. Mais tout ce qui se trouvait dans cette maison, était mal marqué.

J'ai pris la mobylette.

Aux premiers tours de roues, un masque d'air brûlant s'est collé sur mon visage, me déchirant les lèvres, me piquant les yeux. La lumière méchante mêlait aux couleurs une cendre blanchâtre. Un corbeau puis un autre se sont levés ; ils ont plané un moment avant de s'en aller.

*

La même cendre se déposait sur les murs, les carreaux et les gens de l'hôpital à Rennes, puis quelques années après, à La Roche-sur-Yon. Cette cendre était dans ma gorge : elle m'empêchait de parler. Lorsque l'envie m'en est venue la piqûre qu'on m'a faite pour me calmer a grossi le bouchon de cendres. Plus tard, j'ai eu soif comme maintenant ; j'ai bougé les lèvres ; le reste était attaché. Quelqu'un a hurlé :

— Ta gueule !

Puis une autre voix a dit :

— Il délire.

Je ne savais pas à l'époque ce que c'était. Je l'ai su plus tard lorsque j'ai parlé de la voix, bien après avoir parlé de la façon dont j'avais tué Moussah Ben Ali des Beni Khemis.

Le médecin m'a demandé :

— Vous vous sentez coupable ?

J'ai répondu malgré moi :

— Oui !

Il a augmenté les gouttes. La cendre m'a bouché la gorge.

Un jour, j'ai eu faim. Au bruit de la vaisselle et aux odeurs de cuisine qui arrivaient dans le service, j'ai fait un signe.

— Ça lui reprend, a gueulé quelqu'un, suivi d'un bruit de gamelle posée précipitamment, je m'en souviens. On a demandé :

— Il est attaché ?

— Non, a répondu une voix.

— Faites attention : il étrangle.

On m'a sauté dessus. On m'a piqué.

Un jour, ils ont oublié de m'attacher après avoir lavé la merde et la pisse dans lesquelles j'avais macéré. Je n'ai pas bougé ; j'ai compté mes os et mes muscles ; ils étaient là ; ils fonctionnaient. Un nouveau m'a assis pour refaire le lit. J'ai tenu. Le chef qui passait a dit :

— Tiens ! Il s'assoit !

— Je le recouche ? qu'a demandé, ennuyé, le bleu

qui ne voulait pas qu'on dise qu'il avait pris une initiative, fût-elle heureuse.

— Non ! Laisse-le !

Je n'ai pas bougé. Comme je n'ai rien demandé, je n'ai plus eu de piqûre.

En moi je faisais le nettoyage, regardant mes pieds sur le sol.

— Il est resté idiot.

Un jour, le médecin a ordonné :

— Levez-le !

On m'a mis debout. Ça a tangué comme aux Sables, un jour de la fête de la mer où la grand-mère et moi, étions montés sur un dinghy avec le curé qui, dans la baie, avait jeté une couronne pour les disparus en mer de l'année.

En bon Vendéen, j'ai tenu la mer.

— Marche ! qu'il a ordonné.

J'ai avancé un pied et je me suis retrouvé sur le museau.

— Trop tôt ! Faites-lui une piqûre !

La cendre est revenue.

La nuit, à moitié K.-O. par les drogues, je me suis dit si tu ne marches pas seul, tu vas te retrouver encore par terre, et tu es bon, mon gars, pour une dose de plus. Après le passage du veilleur, je me suis levé. Le voisin n'a pas cafardé : il était mort. C'étaient eux qui l'avaient tué. D'ailleurs, le lendemain, ils l'ont fait disparaître comme une faute. J'avais prévu le coup : ils ont eu beau me secouer, j'ai continué à faire semblant de dormir.

Comme j'avais bien dormi, j'ai eu droit à un café au lit, et on m'a dit :

— Tu ne veux pas aller te laver ?

Je les ai regardés avec l'air con que je savais faire.

— Allez ! On t'accompagne ! Je vous avais dit qu'il est resté idiot. C'est triste, la guerre tout de même !

Et je suis allé aux lavabos communs où ils m'ont réappris à me laver. Mais ils ont gardé pouvoir sur le rasoir.

A La Roche, ça a été presque la même chose : simplement à la place des mâles dans le service, il y avait une kyrielle de femmes qui avaient la main baladeuse surtout avec un gars comme moi qui, lui, ne l'avait pas. Elles voulaient savoir comment j'étais fait ; elles ont été déçues, pas sur la quantité, mais par l'absence de réponse. J'étais protégé du péché par là où je payais pour les péchés des autres. Le pire fut lorsque j'ai parlé de la petite voix qui me serinait des « Moussah Ben Ali des Beni Khemis » à tire-larigot. Triple dose de drogue. Un jour où j'avais pleuré en racontant ça parce que je trouvais que d'avoir tué un homme était une très grave faute, ils y sont allés d'un électrochoc.

— Délire dépressif.

J'ai eu deux dents de pétées que j'ai fait réparer à la sortie. Ils ont eu peur de m'envoyer chez le dentiste. J'étais catalogué dangereux.

Le médecin a parlé de Moussah une autre fois pour voir où j'en étais.

J'ai dit que j'avais dû délirer.

Comme j'avais parlé comme lui, ça lui a fait plaisir. J'étais guéri. Et comme ils savaient qu'au début, je répétais sans cesse : Moussah Ben Ali des Beni Khemis ! Moussah etc., ils en avaient conclu pour me réformer : psychose de guerre de type délirant.

Je l'avais lu parce que, au moment de le quitter, le médecin avec qui je discutais a été appelé dans le service. Il m'a dit de l'attendre. Il avait oublié de refermer le classeur à dossiers.

La deuxième fois où je suis sorti de l'hôpital, à La Roche, je me suis fait reconduire chez nous, en ambulance. Le père voulait venir me chercher, mais j'avais refusé de le voir, et la mère aussi, car ils étaient responsables de ma maladie.

Mais la première fois, à Rennes, ça a été toute une autre affaire. On m'avait planqué dans le train avec changement à Nantes. A Nantes, je me suis dit l'occasion est trop belle. J'ai pas tiré un coup depuis la petite Sandrine au bordel (ça faisait trois ans pratiquement), je vais donc aller me soulager sur le quai de la Fosse où j'étais allé à mon départ à la guerre. Je vais à pied, histoire de marcher un peu, et puis ça économisait le pécule que j'avais touché au départ de l'hôpital militaire avec l'avis de réforme définitive.

La première fille fut la bonne. On monte, elle se déshabille un peu ; moi, je ne vois que son cou. Je m'approche. Je caresse. Elle rit. Elle me dit « Viens fauter chéri ! » et voilà que je serre. Serre. Serre son cou. Elle se débat, crie, arrive à m'échapper, s'enfuit à moitié nue dans le couloir. Je suis assis sur le lit à regarder mes mains vides. Je n'ai même pas bandé. Elle voulait avoir mon âme. J'entends des pas lourds dans l'escalier. C'est pour moi. Je mets ce que j'avais ôté : une veste grise. Je dégringole les escaliers, bousculant au passage un gros homme qui essaie de me retenir en criant :

— Salaud ! Salaud ! Tu vas voir ce qu'on va te faire si tu abîmes les filles.

Et la fille, toujours à demi nue sur le pas de la porte de l'hôtel, a crié en me voyant courir :

— Sadique ! Sadique ! Il est dangereux.

J'aurais dû lui dire que je voulais la soulager des fautes qu'elle avait fait faire.

Mais les petits animaux avant ?

Ils ne servaient à rien. C'était pour apprendre.

J'avais fait presque la même chose, un été, avant La Roche, avec une fille qui passait ses vacances chez la Marthe, une cousine à elle. On s'était rencontrés au bal, et à l'entracte, je n'avais pas supporté qu'elle veuille mal se conduire. Elle s'était sauvée. J'ai eu peur qu'elle n'en ait parlé au bourg, je ne suis jamais plus sorti la nuit. C'est pas pour autant que la faute m'a épargné par la suite.

*

Le bourg, toutes fenêtres closes, dormait. La Louisette avait baissé son rideau. J'avais soif. J'ai gueulé :

— J'ai soif, comme au bordel à Aïn El Ma.

Mais j'étais seul alors que, là-bas, nous étions trois gars à rigoler ensemble.

J'ai cogné. Et cogné encore.

Pas de réponse !

J'ai lancé un coup de pied dans la porte avant de repartir en suivant la descente qui m'a conduit après le bas de la rivière, à regrimper la côte vers nos terres du haut. La route vibrait de réverbération, et les odeurs terreuses se mêlaient en un remugle râpeux de labour raté. Plus basse encore qu'hier, la flaque au fond de la mare ne cachait plus les carcasses qui émergeaient de la fange.

L'eau s'en était allée.

Bientôt, ne poussera là que la jachère. Seule, la

vigne s'en tire encore, bien qu'en regardant de près, j'aie vu des grains pourris.

On dit que le vin sera bon.

Mais qu'une grêle passe, une seule !!!

Près de la mare, là où les chênes couvraient des ronces aux mûres ratatinées, ça sentait la fiente séchée.

Une vipère a pointé son museau, a cherché puis a disparu comme avalée d'où elle venait.

J'ai soif !

Les oiseaux ne chantaient plus, ni les grillons.

On entendait le grésillement de l'assèchement.

J'aurais bien enlevé ma chemise trempée, mais le soleil était trop fort. De l'autre côté du petit bosquet, m'a semblé bouger un animal. Mais sans bruit. Juste un mouvement au-delà des branches de ronces. Et la voix a dit :

« Moussah Ben Ali des Beni Khemis !

Moussah Ben Ali des Beni Khemis ! »

Je lui ai dit, à Moussah, tout assis dans les ronces qu'il était :

— Attention aux serpents !

Il a ri silencieusement, secouant l'adolescent qu'il avait tué et qu'il tenait contre lui comme au moment où je l'avais visé dans la maison glacée en Algérie.

J'avais encore plus soif. J'ai repris la mob et suis reparti.

La Louisette n'avait pas ouvert.

Le chemin sautait d'ombre en ombre.

Une bestiole m'a piqué l'échine.

J'étais de retour à la châtaigneraie. De là, je

voyais tout. J'ai ralenti. Le village était désert. Même les vaches, tassées dans le coin frais derrière le chai, ne bougeaient pas.

Chez Lucienne, rien n'avait changé.

Les fenêtres de la maison étaient fermées, la porte entrebâillée. J'ai garé la mobylette. Ma tête a respiré un peu quand j'ai enlevé le casque.

Dehors, la lumière avait la même dureté qu'en Algérie.

*

La neige réfléchissait le blanc et le glacé. Le fils Dumoncel était passé au casernement. Il avait dit au chef qu'il voulait lui parler mais seul. Le chef l'avait conduit dans une classe qui avait servi pour des interrogatoires.

Ils étaient ressortis peut-être une heure après. La gueule du chef, d'habitude molle, s'était durcie. Il ne nous avait rien dit. Le soir avant le souper, nous nous réunissions pour faire le point. Il nous a alors annoncé que le lendemain, nous ferions probablement la dernière opération de cette chienne de guerre. A l'aube, avant la fin du couvre-feu, quelques Européens et le fils Dumoncel sont rentrés dans le casernement où ils ont garé leurs voitures. Puis nous avons entrepris, dans la montagne, une crapahut. Le Parisien et moi, nous sommes demandé ce que c'était. Quand nous sommes arrivés à la mechta, le chef a dit :

— Démerdez-vous, je veux tout le monde sous l' yeuse, là-bas.

Un homme monté avec nous faisait l'interprète.

On a regroupé tout le monde puis a commencé le

massacre, famille par famille. Les hurlements s'entendaient de partout, et si on n'avait pas entendu au premier coup, l'écho les répétait. Un homme a prié en arabe. Je ne comprenais pas les mots qu'il disait mais le ton suffisait pour me donner envie de pleurer.

J'ai demandé au chef :

— Pourquoi tout ça ?

— On cherche un fel : Moussah Ben Ali des Beni Khemis ; il a flingué un pote à moi. Je veux sa peau. Ils veulent rien dire. On va se les faire.

On a saccagé même les sacs de grains. Pour un paysan, ça la foutait mal.

Le Parisien a démarré avant moi ; à son troisième ou quatrième mort, il m'a fourgué entre les mains le cou de la femme. J'ai touché. Il a rigolé puis il a gueulé :

— Mais vas-y, merde ! Serre ! Serre !

J'y suis allé : j'ai serré.

Il tenait la fille pour ne pas qu'elle bouge. A un moment, elle était morte. Ensuite il l'a décapitée.

Moi, j'avais joui.

Je me suis mis à tirer sur n'importe quoi, vivant ou mort, qui n'était pas des nôtres.

On s'est couverts de merde, de sang, de foutre.

Au retour, j'ai essayé de me laver.

Le chef nous a conduits au bordel, après le couvre-feu. La maquerelle n'a pas voulu ouvrir.

On est revenus au campement. On s'est saoulés.

Le lendemain, j'ai tué Moussah Ben Ali des Beni Khemis.

*

172

La chienne noire est sortie. Elle s'est approchée. Elle puait, je l'ai repoussée. Elle m'a suivi dans la cuisine.

La porte de la chambre des parents était fermée.

La chienne l'a reniflée.

Je suis descendu dans la cave ; la fraîcheur m'a fait du bien.

J'ai sorti le verre à goûter, d'à côté la barrique en cours. Je l'ai rempli au robinet. Le vin m'a rafraîchi la main. J'ai bu rapidement. Je m'en suis servi un autre. Les petites coupures dans la main se sont réveillées. Elles saignaient.

Avant même de me retourner, je savais qu'il était là, dressé dans l'encadrement de la porte : son souffle rauque s'était inscrit dans le silence de la cave.

Il a dit de sa voix grave et basse :

— Tu vas aller la chercher !

Je n'ai pas répondu.

Je l'ai entendu descendre la première marche. Il s'est arrêté. Il a dit :

— Tu vas aller la chercher !

Je me suis retourné pendant qu'il descendait la deuxième marche. J'ai demandé :

— Qui ?

— Tu le sais.

— Fais comme si je le savais pas. Dis-le pour que je sois certain de pas me tromper.

Il a descendu la troisième marche. Son souffle était rapide et court. Sa canne cognait les marches et la petite rampe en bois.

L'odeur de la barrique sur laquelle j'avais appuyé ma main a noirci. Le rayon de soleil qui traversait une petite fenêtre s'est éteint : il était trois heures, heure solaire.

Il a dit :

— Si tu ne la ramènes pas, je te jure que je vide ton puits.

Il a descendu la quatrième marche.

Il a ajouté :

— Tu as entendu ?

Il était maintenant en bas. Ses doigts serraient la tête de son bâton. Il respirait mal. Il m'a fixé. Il a dit :

— J'ai besoin d'elle, tu comprends ?

En tournant la tête vers la porte comme pour surveiller la venue de la mère. Puis son regard a changé. Il avait retrouvé son coup d'œil de maquignon me toisant des pieds à la tête comme je l'avais vu faire sur les foires, pour les bêtes torves qu'il savait ne pas acheter, mais pour lesquelles il devait parler avec un éleveur pour autre chose.

Dans l'odeur noire, est revenu de plus loin le soufre qu'on brûle dans les barriques. L'amer s'est épuisé. Le fade du sang et de la chair saignée. J'avais ramené cette odeur de la mechta, et le surlendemain, de la ferme. Maintenant elle était là. L'odeur du cochon mort que la grand-mère allait cuisiner. L'odeur du gibier tué cueilli dans la gueule du chien.

Le père soufflait de nouveau. Il a dit :

— Je veux que tu ailles t'excuser et que tu la ramènes. Elle est à La Roche.

Il m'a jeté aux pieds un papier.

— L'adresse de mon fils.

Je n'ai rien dit.

— Oui, mon fils ! Tu n'as jamais été foutu d'en

174

faire un. Moi, c'est des douzaines que j'en ai fait, des quinzaines.

Un oiseau a battu l'air au-dessus de la porte qui donne sur le pré, puis, comme affolé, s'est envolé en criaillant.

— Des femmes j'en ai eu plein. Toutes ! Je leur ai donné du bonheur. Toi tu n'as été bon à rien. On dirait un curé. C'est péché ! Faut pas faire ça ! Va te faire foutre ! Il n'y a que ça qui compte ! Alors comme tu lui as fait peur, tu vas aller la chercher, tu entends ! Tu vas aller la chercher ! Ou d'un coup de fusil, je t'envoie en enfer à ma place.

Ouais en enfer, nous y sommes comme en Algérie, ou chez la fille à Nantes, ou à l'hôpital.

Il m'a semblé que la grand-mère était dans la porte, tout sourire aux lèvres lorsque j'ai saisi la hache contre la barrique, l'air de dire : « Enfin ! »

Quand je l'ai levée, elle a descendu en hurlant les cinq marches, bras en l'air comme je l'avais vu dans un film[1] si bien que sa tête s'est trouvée devant la hache. Sa tête a explosé. Le père horrifié n'a pas eu le temps de s'essuyer du sang de la mère, que je lui ai fendu le crâne à son tour. Et puis j'ai tué la chienne qui se trouvait là. J'ai recogné plusieurs fois pour être certain de leurs morts.

De la porte, la Josette me regardait.

On a attendu que les trois corps soient bien saignés.

Après, la Josette est descendue avec un torchon. Elle a nettoyé ce qui restait des visages du père et de la mère. Quand elle a eu terminé, j'ai chargé la mère sur mon épaule. Je l'ai montée dans sa chambre. La

1. *Psychose*, d'Hitchcock.

Josette m'a suivi. J'ai couché la morte sur le sol. La Josette l'a déshabillée. D'une armoire, j'ai sorti une blouse propre. Le corps de la mère était plissé, ratatiné, vieux. Ses seins flasques pendaient de chaque côté. La Josette a pris un torchon dans l'armoire et a emballé les bouts de crâne. On a habillé la morte après.

Ensuite j'ai monté le père. Je l'ai laissé sur le sol. Sa cervelle était restée dans la cave. La Josette lui a enlevé la chemise et déboutonné le bleu. Elle s'est arrêtée à la ceinture. J'ai pris la suite. Je lui ai enlevé la culotte et le caleçon long qu'il portait.

La Josette a enveloppé la tête dans un torchon. J'ai enfilé au mort une chemise et un pantalon. On l'a laissé sur le sol. On a fait le lit avec des draps propres, et on les a couchés côte à côte. Puis Josette a lavé la chambre. J'ai refermé les fenêtres. L'odeur douceâtre de la mort est nichée, là. Josette avait ouvert la cave sur l'arrière, et jeté la chienne au fumier avec les restes de cervelle.

J'ai brouetté du sable et l'ai étendu sur le sol marqué de leurs taches. Derrière moi, la Josette ratissait puis piétinait le sable.

Un oiseau s'est posé dans la cave. Il a picoré le sable qu'on venait de tasser. Puis s'est envolé. La Mésange a meuglé. Elle a pointé son museau à la porte. J'ai gueulé. Elle est repartie.

On suait de partout. La chaleur, à larges brassées, entrait avec son odeur d'herbe grillée. Les bouses n'avaient plus leur parfum gras, avec quelque chose de vert et âpre. J'ai ressorti la brouette. Dans un seau, dehors, la Josette lavait la hache. Les torchons trempaient. J'ai refermé la double porte du chai, de l'intérieur. Les odeurs des barriques et du vin étaient de nouveau mauves. Dans la cuisine, une poule caquetait. Je l'ai chassée. J'ai refermé la porte. Dans le pré, la Josette lavait les linges que nous avions salis. Je me suis accroupi à côté d'elle. De la fraîcheur s'élevait de la terre mouillée. Un parfum de champignons. Les bêtes nous entouraient. Je suis allé jeter un œil sur l'abreuvoir. Il était aux deux tiers vide. Je l'ai rempli. La Josette a étendu les torchons. Dans ses cheveux emmêlés, les pailles brillaient.

Je me suis assis contre le mur frais. Quand tout a été fini, elle est venue s'asseoir à côté de moi. Je suçotais un brin d'herbe sec.

Dans le silence, s'est inscrit le vol d'un oiseau ; le frôlement du tissu sur le corps de la Josette ; le pas d'une vache ; et le clapotis des museaux dans l'abreuvoir. De la haie, en bas, qui longeait le ruisseau asséché, remontait un mélange d'odeurs de vase et de ronces.

La Josette m'a reniflé et a dit :

— Lave-toi.

De l'appentis, j'ai tiré une baignoire en zinc qui servait pour les grandes occasions.

Je suis allé chercher dans le jardin le tuyau d'arrosage. Je l'ai branché sur le robinet de l'abreuvoir. La Josette a décroché un torchon qu'elle venait de laver. Elle a fait couler un peu d'eau dans la baignoire et l'a nettoyée. Une hirondelle a voltigé au-dessus en trissant. Puis une autre. Et une autre.

Le soleil était un peu moins fort ; le ciel encore bleu. Du fond de la campagne, sont montés un bruit de houle, une odeur de vieux bois sec qui se sont noyés dans le parfum de terre mouillée et le clapotis de l'eau qui remplissait la baignoire.

Je me suis mis nu.

La Josette s'est assise là où j'étais tout à l'heure, pendant que je rentrais dans l'eau fraîche.

Soudain, elle s'est levée et est partie en courant.

Je ne bougeais pas.

Le silence.

Ouais, je me suis dit : enfin le silence !

Puis le martèlement de pieds qui couraient, et la Josette qui déboula, essoufflée, du coin de l'appentis, chargée de savon, de brosse, de débarbouillettes et de serviettes.

J'ai ri.

Comme le jour de ma première communion. Un beau jour de mai où pour la dernière fois, la grand-mère m'a lavé. J'avais douze ans. C'était la dernière grande fête qui m'avait été donnée.

La Josette s'est accroupie à côté de la baignoire et a entrepris de me savonner. Pas à petits coups, mais à grands coups comme à coups d'étrille.

Elle riait aux éclats.

Moi aussi.

J'étais assis dans l'eau. Elle a briqué tout ce qui était hors de l'eau. Puis elle s'est levée. De mon bras, j'ai enlacé ses jambes, et l'ai rapprochée. J'ai mis mon nez contre sa jupe en lambeaux. Une odeur de femme sale a noyé les autres.

J'ai levé la tête vers elle. Je lui ai dit :

— Lave-toi !

Elle s'est mise nue. Elle est entrée dans la baignoire. Je lui ai savonné les cheveux. L'eau, qui arrivait toujours, débordait de la baignoire : elle entraînait les pailles et les morceaux de feuilles. Je lui ai savonné le visage.

J'avais envie d'elle.

Elle en a ri en me touchant.

Je lui ai nettoyé le cou. La peau un peu ridée sous mes doigts s'est lissée. Le cou était fin et droit. Elle m'a regardé sans rire.

*

De la même façon qu'il y a quarante ans quand elle était petite, et que moi, qui avais tout juste quinze ans, la caressais en cachette dans les buissons.

Jusqu'au jour où j'ai serré.

Serré son cou.

Elle était comme morte.

Le soir, j'ai cru voir un fantôme.

Elle n'a rien dit.

*

Son cou était doux, ses seins aussi, et son ventre. Elle s'est levée, moi aussi.

Nous nous sommes savonnés debout, et arrosés d'eau, en riant.

La chatte assise sur le toit nous regardait, humant l'humide.

Un parfum de fin d'été montait du fond des prés mêlant la vigne bleue, là-bas, et le ruisseau à demi sec, les haies poudreuses, les prés dorés. Le ciel était un peu velouté par le soir.

On est sortis de la baignoire. J'ai coupé l'eau, on a renversé la baignoire. Les vaches sont venues sentir.

Puis on a couru nus vers la maison. On s'est jetés sur mon lit.

*

Après, j'avais déjà allumé la lumière. Elle me tournait le dos. Elle se regardait dans la glace de l'armoire sur le côté. Je me suis tourné contre elle. Elle sentait le savon. Je lui ai caressé le dos. La peau n'avait plus tout son éclat mais elle avait gardé sa douceur. Je me suis calé sur mon coude et j'ai croisé son regard dans la glace. Elle a souri.

J'étais propre.

Demain matin je trairai les vaches, et, d'un coup de mobylette, j'irai me dénoncer à la gendarmerie.

En attendant, j'avais besoin de dormir.

DU MÊME AUTEUR

Aux Éditions Gallimard

Dans la collection Série Noire

VENDETTA EN VENDÉE, *n° 2220*
UNE MORT DANS LE DJEBEL, *n° 2242*
MIRACLE EN VENDÉE, *n° 2260*

COLLECTION FOLIO

Dernières parutions

*Composition Bussière
et impression S.E.P.C.
à Saint-Amand (Cher), le 4 octobre 1994.
Dépôt légal : octobre 1994.
Numéro d'imprimeur : 1570-1429.*
ISBN 2-07-038922-7./Imprimé en France.